쓸모없는 것들과 함께

지혜시선 006

쓸모없는 것들과 함께

이창윤

지혜

시인의 말

　시문학의 위축과 위기의 시대에도 미주한인사회에는 시의 동호인들이 심심찮게 있고 문학잡지와 시전문지의 출판이 계속되고 있어서 외롭지 않고 가끔 나도 시를 쓰고 있습니다. 시인의 말을 내가 시를 쓰게 된 이야기로 시작해 보겠습니다.

　고등학교 시절에는 기계체조 선수팀에 뽑혀서 체조 연습과 학교 공부에 열중하고 있었습니다. 1958년 경북대학 문리과대학 의예과에 들어가서야 문학서적들을 읽어보았습니다. 그때 의예과는 2년제로, 의사가 되기 전에 습득해야 할 교양학부로 강의시간들이 짜여져 있었습니다. 독일의 소설가이자 시인이었던 헬만 헷세의 『데미안』, 『나르시스와 골드문트』, 『싯다르타』 같은 소설을 읽고 느꼈던 감격은 아직도 잘 기억하고 있습니다. 릴케를 비롯해서 상징주의 시인들의 시들, 그리고 모더니스트들의 시와 잘 이해되지 않았던 그들의 시론도 읽었습니다. 폴 발레리의 시 「해변의 묘지」 마지막 연의 시 구절, "바람이 분다 살아봐야겠다"가 내가 시를 쓰게 된 동기를 부여해주었고 가정과에 입학한 청순한 얼굴의 여학생을 만난 것도 그때였습니다. TS 엘리엇의 시론 「전통과 개인의 재능」에서 '시는 정서의 표현이 아니라 정서로부터의 도피이며 개성의 표현이 아니라 개성으로부터의 도피'라는 글을 읽고 개성이 없는 자는 개성으로부터 도피할 수 없으니까 개성을 강조하는 시론이라고 잘못 이해한 것이 그 당시 내 습작에 도움이 되었다고 생각하고 있습니다. "미숙한 시인은 모방하지만 원숙한 시인은 훔친다. 훔쳐서 더 좋은 것으로 만든다."는 누군가 그의 시론 일부를 인용한 글을 읽은 것이 내 시작의 눈을 뜨게 해주었습니다. 훔치는 방법은 말해주지 않았지만 나는 어떻게 표현할 것인가를 염두에 두고 좋은 시를 읽었습니다.

시험지옥이었던 의과대학 본과에 들어가서도 가끔 시를 써보고 있었습니다. 문리과대학 국어국문과 주임교수로 부임해왔던 김춘수 시인이 자신의 연구실에 들르라는 메시지를 교무실을 통해 받았습니다. 그 당시 김춘수 시인은 그의 명시 「꽃」으로 널리 알려져 있었습니다. 전통적인 서정시와는 달리 릴케의 영향을 받은 존재론적 관념시로 많은 사람들의 사랑을 받고 있었습니다. 의과대학은 대구 시내에 동인동에 있었고 다른 경북대학의 건물들은 시내버스를 타고 가야했던 산격동 야산 위에 자리잡고 있었습니다. 경북대학보에 실렸던 나의 시 「잎새들의 해안」이 탁자 위에 놓여있었고 "계속 시를 쓰려는가?" 물었습니다. 확답을 받은 후에 "그러면 됐다. 내가 이걸 박목월 시인에게 보내겠다."고 했습니다. 그 당시 박목월 시인은 한양대학에 적을 두고 있었고『현대문학』시 추천위원이었습니다. 나는 좀 들뜬 마음으로 시내버스에 올랐고 이 시가 첫 번째 추천작이 되었습니다. 「잎새들의 해안」은 4페이지의 긴 시였고 두 번째 추천작「내 몸을 먼 해안에 둘 때」는 6페이지나 되는 작품이었습니다.

졸업 후 공군 군의관으로 군복무를 시작했었는데 대구에서 1년간 K2 공군기지에서 근무하다가 바다를 바라보는 생활을 하고싶어서 한국지도의 꼬리 부분에 위치했던 대보 공군 레이더 기지의 의무실장직을 맡았습니다. 의예과 시절에 만났던 여학생과 결혼해서 그녀와 함께 바닷가에서 보냈던 1년은 의학공부보다 동해바다를 바라보며 시를 쓰던 시간이 더 많았습니다. 다시 대구로 돌아와서 김춘수 시인을 만나 의학수련으로 미국으로 건너가면 그 동안에 쓴 시들이 흩어져 없어질 것이 아까워서 시집을 내겠다고 했더니 무척 반가워하면서 시집『잎새들의 해안』의 서문을 써주었습니다.

에스프리라는 프랑스말이 잘 어울리는 것이 그의 시세계다. 소품일 경우에 더욱 그렇다. 음악과 회화에 조예가 있는 그로서는 시는 듣는 그림이고 보는 음악일지도 모른다. 말하자면 그의 에스프리는 시에서 이미지의 양면(리듬과 장면을 통한)을 발랄하게 드러내고 있다. 좋은 곡을 들었을 때의 여운과 좋은 그림을 보았을 때의 여운이 그의 시에는 있다. 어느 쪽이냐하면 서구적인 몸놀림이기는 한데, 유화의 그것보다 파스텔의 그것에 더 가깝다. 드가를 연상하게 하는 그런 데가 있다. 맵시가 있으면서 온화한 그의 터치는 어떤 상황을 빚어내는데 민감한 것 같다. 어느 작품을 보나 현대적이라고 부를 수 있는 상황이 잘 드러나 있다. 그의 시는 조각이나 건축이 아니고 혹종의 회화에 가깝다. 말하자면 엄밀하고 미리 계산된 구조를 갖고 있지 않는 대신에 섬세하고 신선한 세부(Texture)의 짙은 밀도의 촉감이 있다.

그의 시는 시를 읽는 즐거움을 알려주는 그런 데가 있다.

　변화없이 오랫동안 계속되던 산부인과 영역에 새로운 바람이 불기 시작하던 때에 의학수련을 마치고 호기심으로 활기에 찬 젊은 의사로서 환자 치료와 의학연구에 몰두할 수 있었다는 것은 뒤돌아보면 적지않은 행운이었다고 생각됩니다. 의학에 열중하던 20여 년 동안은 거의 시를 쓰지 못했습니다. 그러나 이 시기에 시를 쓰던 버릇이, 고정관념에서 벗어나 새로운 시각으로 사물을 바라보던 버릇이, 창조적인 상상력이, 새로운 지식과 테스트, 새로운 기구의 새로운 사용법과 이들을 이용한 새로운 연구와 치료법을 정리해낼 수 있는 동력이 되었다고 생각됩니다. 1975년에 발표되어서 지금도 널리 사용되고 있는 태아건강테스트의 바탕이 되는 논문을 쓸 때는 동물 실험이 되어있지 않아서 상상력을 이용할 수밖에 없었습니다. 몇 해 전 모국의 한 젊은 여성시인이 나의 네 번째 시집을 시전문지의 새 시집란에 올린 적이 있었는데, 내 「시인의 말」을 읽고 "시를 쓰던 버릇이 의학연구에 도움이 되었다는 이상한 말을 하고 있다."는 글이 떠올라서 이런 시 구절로 나부터 설득시켜 보기도 했습니다. "잘 길들여진 지식과 정돈되어 줄지어선 생각들이 비껴서서 보다 어리석고 엉뚱한 생각에게 길을 내어줄 때 마침내 새로운 오솔길이 선뜻 보였던 것이다."
　그 시절 대학의 젊은 의사들로부터 가끔 Bright man이란 말을 들은 것도 시를 쓰던 버릇 때문이 아니었던가 그렇게 생각되기도 합니다.

읽히지도 않는 시를 쓴다고 안쓰러워하는 사람들도 있겠지만 내 시의 지치지 않는 독자는 바로 나입니다. 묵은 흑백 사진첩을 감회에 젖어 다시 들여다보듯 나는 가끔 내 시집의 시들을 다시 읽어봅니다. 1967년에 출판된 나의 첫시집은 종이가 누렇게 변하고 부서질 것 같아 책장을 조심스럽게 넘깁니다. 나의 소박했던 삶을 한 번 더 사랑할 수 있도록 나를 위로해줍니다. 뿐만 아니라 이 지구별의 한때를 함께 살고가는 모든 생물들과의 친밀감을 더해주고 감사한 생각을 하게 합니다. 여기에 나의 시 「쓸모 없는 것들과 함께」를 옮겨놓습니다.

아무짝에도, 정말 아무짝에도
쓸모가 없기 때문에 시를 쓴다고 적었다
보다 어리석어지고 싶어서
엉뚱해지고 싶어서 시를 쓴다고 한 적도 있다
아내는 그런 엉뚱한 짓 그만두고
성경이나 읽으라고 하겠지만
내 어리석은 마음의 뒤뜰에
풀벌레 몇 마리를 놓아 기르고 있었다
여름이 지나가는 동안 무성한 풀잎들을
제맘대로 뜯어먹게 하다가
목놓아 가을을 울고가게 했다
그들의 세대가 해마다 바뀌어가는 동안
내 시도 나처럼 어리석고 엉뚱해져서
내 생각의 어깨 위에 손을 얹고
버러지 한 마리도 위로하지 못하고

이 세상을 살고 갈 수는 없지 않느냐고
나를 위로해주기도 하는 것이다
남들 보기에는 아무 일 아닌 듯해도

나는 시와 마주보고 앉아서 서로 쳐다보고 쓰지 않고 안개가 사라지면서 그 모습을 서서히 드러내는 들판에 선 한 그루 나무를 바라보듯 그렇게 시를 바라보면서 편안하게 써왔습니다. 하여, 나는 시인 비슷하게 살면서 시 비슷한 것을 쓰고 있다는 말을 여러 번 되풀이 했었습니다. 시인 비슷하게 사는 것은 아내가 좋아하는 것 같고 비슷한 것이 진짜에 가장 가깝다는 말을 해주는 시인도 있었습니다. 시는 이미지를 던져서 독자로 하여금 느끼게 하고 설명하게 하는 문학장르라고 합니다만 나는 소통에 더 신경을 쓰는 것 같습니다. 하여, 이야기를 하는 것처럼 시를 쓰는 경향이 있는 것 같습니다. 읽어주는 사람들이 없다 하더라도 나의 시와 나 자신 사이에는 소통이 유지되어 왔습니다. 나는 여기까지 와서 생각해보아도 이렇다고 내놓을 만한 문학세계관이 없습니다. 그저 서정시를 쓰고 있습니다. 그러나 시와 함께 여기까지 흘러온 이유를 한 번 돌아보게 해주는 기회가 되었습니다

이 나이에도 영 철들 줄 몰라서, 철들기 싫어서 시를 쓴다는 말도 한 적이 있습니다. 어릴 적 과수원에서 자랐기에 과수원을 여러 번 시에 등장시켰습니다. 지난 봄에 쓴 「가을의 뒷모습」을 여기에 옮겨보았습니다.

식탁에 앉아 쟁반 위에 놓인 사과를 바라보면

과수원에서 자라서 늙어가는 아이는
그까짓 중력, 하고 눈을 감고 지워버리면
빨간 볼을 가진 황금색 능금알들이
하늘 깊숙이 떨어져가는 것을 보는 것이다
이것은 나의 시가 나를 쓰려는
낡은 궁리에 지나지 않지만
나의 이름을 부르는 젊은 어머니의 음성을 듣고
대답하는 나의 어린 목소리가
과수원의 하늘 위로
한없이 멀어져가는 것을 다시 보는 것이다
나는 이제 계절의 바깥으로 밀려나 있지만
쟁반 위에 놓인 사과를 보고있으면
과수원에는 언제나 가을이 먼저 찾아와서
두근거리는 풋과일들의 부푼 가슴을
가장 향기로운 빛깔로 익혀주고 떠나던
가을의 뒷모습이 선뜻 보이는 것이다

시를 쓰는 일은 감성의 두뇌와 내 가슴이 아직도 연결되어 있는지를 확인해보는 시간이 되고있습니다.

시집 출판을 도와주신 미셸 정 시인에게 깊이 감사드립니다.

차례

2부
내 영혼이 쓰는 시

3부
무엇으로 흔들리는가

1부
쓸모없는 것들과 함께

내 어리석은 마음의 뒤뜰에
풀벌레 몇 마리를 놓아 기르고 있었다
여름이 지나가는 동안 무성한 풀잎들을
제 맘대로 뜯어 먹게 하다가
목놓아 가을을 울고 가게 했다

• 일러두기
한 연이 첫 번째 행에서 시작될 때는 > 로 표시합니다.

쓸모없는 것들과 함께

아무짝에도, 정말 아무짝에도
쓸모가 없기 때문에 시를 쓴다고 적었다
좀 더 어리석어지고 싶어서
엉뚱해지고 싶어서 시를 쓴다고 한 적도 있다
아내는 성경이나 읽으라고 하겠지만
내 어리석은 마음의 뒤뜰에
풀벌레 몇 마리를 놓아 기르고 있었다
여름이 지나가는 동안 무성한 풀잎들을
제 맘대로 뜯어 먹게 하다가
목놓아 가을을 울고 가게 했다
그들의 세대가 해마다 바뀌어 가는 동안
내 시도 나처럼 어리석고 엉뚱해져서
내 생각의 어깨 위에 손을 얹고
벌레지 한 마리도 위로하지 못하고
이 세상을 살고 갈 수는 없지 않느냐고
나를 위로해주기도 하는 것이다
남들 보기에는 아무 일 아닌 듯해도

헐거워진 저녁

온종일 슬슬 조여오던 시간의 나사못이
스스로 풀어져서 헐거워진 저녁이 좋다
이유도 묻지 않고 저녁이 먼저 가난해져서
더 이상 잃어버릴 것이 없는 시간이 좋다

좀 엉뚱한 저녁이면 더욱 좋다
하여, 커튼을 닫고 책상 앞에 앉으면
생각의 어깨가 시를 쓰지 않아도
시가 스스로 길을 터서, 시가 시를 써나가는
그런 저녁이면 더욱 좋다
저녁은 더 칭찬받고 싶을 때
시는 쓰는 게 아니라 쓰여져야 한다고
어디서 빌려온 목소리로
슬쩍 타일러 준다
이런 일이 있고난 다음에 내가 할 일은
내일 아침 일어나면
커피를 마시고 싶다는 단순한 생각
잘 길들여진 생각의 수면제에 머리를 눕히면 되겠다
일어나야 커피를 마시는 오늘 아침
일진이 좋은 날의 하루가 시작되는 것이 아닌가

다시 말해보자, 얼마나 좋은 저녁이었는가를

온종일 잊고 지나도 저녁이 먼저 헐거워져서
나를 한 번 더 느슨하게 할 것을 미리 안다

저녁이 말했다

오늘 저녁 소파에 앉아
내가 잠시 졸았던 것이다
저녁이 내 옆자리에 앉아
피로한 다리를 쉬고 있었다
화약 냄새와 피비린내가 풍겨서
내가 그를 쳐다보았다
좀 미안한 어조로 저녁이 말했다
우크라이나 돈바스 지역을 지나왔다고 했다
옆구리에 뚫린 커다란 구멍을 내게 보이면서
소련제 장거리 미사일이 지나간 자리라고 했다
깨어났을 때 저녁뉴스는 푸틴의 전쟁으로
세계가 당할 식량난으로 이어지는 것을 보면
우크라이나 전쟁 상황 보고는
내 꿈 속으로 스며들었다는 것을 짐작할 수 있었다

마음의 지평선

사람들은 누구나 한 번도 건너가 보지 못한
마음의 지평선이 있다고 한다
바라보면, 이 세상에서 가장 아득한 것이
바로 마음의 지평선이라고도 한다

조상들의 흰뼈를 코로 어루만지는 코끼리들도
마음의 지평선이 있을 거라는 짐작도 있지만
낙타는 십리 밖의 물냄새를 맡는다는 시 구절만큼*
신빙성이 없다는 것이 다수의 의견일 것이다

오늘 하루도 이 세상을 살고간 사람들의 슬픔을
저녁노을이 잠시 물들이고 사라질 것이다
가로등이 설득처럼 하나 둘 켜지기 시작하면
그 아래 앉아있는 텁수룩한 한 남자가 보일 것이다
그가 전생에, 중생이 다 부처란 말씀을 남기고 간
바로 그 사람이라는 생각이 깨달음으로 다가왔을 때
당신은 이미 마음의 지평선을 건너와 있다는 사실을
환상으로 바라볼 것이다

나는 가끔 환상에 기대어 시를 쓰면서
지평선을 건너가보고 싶은 사람들의 마음과 함께
바라보는 아득함으로 이 세상을 살고 갈 것이다

* 허만하의 시에서

저녁노을을 머리로 들이받은 새

60년 전, 습작 시절에 쓴 나의 시는
저녁노을 뒷편의 세상이 궁금한
새 한 마리를 날려보낸 적이 있었다

한 세기가 저물도록 무사히 서쪽 하늘을 떠돌던
그 새가 우리집 거실의 유리창에 비친
21세기의 저녁노을에 머리를 들이받고
떨어져 죽어 있었다

오늘은 인간의 과학기술이 조립한
은빛의 새 한 마리가 비행운을 이끌고
서쪽 하늘을 날고 있었다
저녁노을에 머리를 들이받았을 때
비행운이 피빛으로 물드는 것을 보여주었다

오는 저녁 나의 시는
여기까지 함께 흘러온 이유를 한 번 돌아본 다음
쉽게 지치지 않는 필기체로 흘려 쓸 것이다
쓰던 종이를 구겨서 휴지통에 던지는 일도
잊지 않을 것이다

바다의 지붕

어디서 보아도 비스듬히 누워있는 바다여
너의 지붕은 경사지고
한 장의 셔츠만 입은 아침이
그 위를 거닐고 있다
젊었던 날의 시 구절을 읽어본다

바다의 층계를 걸어내려가
바다의 지붕 아래 잠들었던 꿈은
참으로 이상하였다
바다의 무성한 수풀 속에서 뛰어나온
은빛의 커다란 물고기 한 마리가
내 젊은 여인의 흰 젖을 빨고 있었다
바다와 파도와 수평선을 바라보고 있는
많은 사람들 가운데서
쉬르레알리즘의 그림 같은 꿈을 꾸다가
바다의 지붕 아래서 잠을 깨어본 자는 언제나
저 많은 기왓장과 기왓장으로 이어지는
검푸른 바다의 지붕을 바라보는 것이다

세월을 본다

슬피우는 제자들을 위해 관 밖으로 잠깐 발을 내밀어 보였다는 일화는 눈물겹다

입적한 후, 더 무성해진 그의 가르침은 바람을 타고 여기저기에 그의 형상을 돌에 새겨넣었다 돌은 침묵의 무게로 앉아 있고 그는 세상을 살고 간 사람들의 슬픔의 무게로 앉아 있다 그의 무릎 아래 이끼를 키우는 것을 보면 슬픔에는 언제나 수분이 스며있음을 안다

내가 세상을 이겼노라는 말씀은 다른 책에 기록되어 있지만 세월에게는 그냥 져주는 것이 편안하다고 가르쳐주고 있다 코끝이 떨어져나가고 손가락 발가락이 몇 개 지워진 것을 보면

사람들의 이야기에 식상할대로 식상한 부처님은 이제 세월을 접고 침묵의 무게로만 앉아 있는 돌로 돌아가고 싶을 것이다
그러나
돌도 찡하고 한 번 세월을 울었다는 것을 안다 그의 가슴을 가로질러 길게 금이간 것을 보면

갈대밭을 지나가다

고요에 발을 잘못 디딘 한 마리의 실수로
새떼들이 화들짝 날아오른다
더 놀란 것은 내 가슴이라서
이 사건의 책임을 새떼들에게 돌린다
이곳 주민들은 배수진을 치고 잠시 긴장하지만
사람은 생각하는 갈대라고
누군가 이미 말해두었기에
동족으로 알고 적의를 거두어 들인다
그러나
지나가던 바람이 등을 쓰다듬으며 타이른다
갈대로 시를 쓰겠다는 생각은
이미 몇 발자국 지나간 세상이 아니냐고
시를 잊은 가슴들이 모여사는 곳이
어디 갈대밭 뿐이냐고

가을의 뒷모습

식탁에 앉아 쟁반 위에 놓인 사과를 바라보면
과수원에서 자라서 늙어가는 아이는
그까짓 중력, 하고 눈을 감고 지워버리면
빨간 볼을 가진 황금색 능금알들이
하늘 깊숙이 떨어져가는 것을 보는 것이다
이것은 나의 시가 나를 쓰려는
낡은 궁리에 지나지 않지만
나의 이름을 부르는 젊은 어머니의 음성을 듣고
대답하는 나의 어린 목소리가
과수원 위의 하늘 위로
한없이 멀어져가는 것을 다시 보는 것이다
나는 이제 계절의 바깥으로 밀려나 있지만
쟁반 위의 사과를 바라보고 있으면
과수원에는 언제나 가을이 먼저 찾아와서
두근거리는 풋과일들의 부푼 가슴을
가장 향기로운 빛깔로 익혀주고 떠나던
가을의 뒷모습이 선뜻 보이는 것이다

봄꿈

아침이면 커피머그컵을 들고
정원길을 따라 걷는다
꽃들은 다투어 피어있다
자기는 뭔데, 자기는 뭔데
꽃들은 다투면서 피어있다
꽃들이 서로 설득하려 했던가
이상한 일이라면
분별없이 흔들리던
간밤의 꿈 생각에
내가 젖어있지 않았던가

철새들을 기다리던 시절

북쪽 마을의 봄은, 봄비를 데리고 와서
지난 해에 걸어간 자기의 발자국을 찾아
먼저 거기에 흙탕물로 고입니다
거기 주저앉아 잠시 고단한 다리를 쉬었는지 모르지만
생명이 홀로, 생명의 고유한 설계도를 찾아가게 하는
저 황홀한 작업은 이미 시작된 것입니다
문득, 뒷마당의 잔디는 파래지고
목련의 꽃봉우리가 부풀기 시작하면
나는 내가 가진 작은 소망을
미리 표현해두는 일을 잊지 않았습니다
철새들이 돌아와 비치트리에 둥지를 만들고
세 개 아니면 네 개의 알을 숨겨두는 것을
거실의 창문을 통하여 훔쳐보는 것
그 포르스름한 색깔에서
설렘과 설움이란 말이 연인들처럼
서로의 눈매를 바라보며 껴안는
그런 이미지가 떠오를 때면
영어권에 오래 살면서도 모어로만 시를 쓰는 일이
아주 자연스럽다는 생각이 나를 찾아와
내 어깨를 한 번 더 툭 쳐주었습니다

푸성귀를 키우며

아이들은 거짓말을 배우며
푸성귀처럼 자란다는 말도 있지만
푸성귀는, 푸성귀처럼 자라서
마침내 푸성귀로 완성되지 않는가

나는 충동을 억제하지 못하고
아내 몰래 비료를 물에 타서
채소밭에 뿌려주는 것이다
아내가 푸성귀를, 그녀의 기쁨을
이웃과 교인들에게 나누어주며
올개닉입니다, 진짜 올개닉입니다
진짜라고 말한다

내가 쓰는 시에도
거짓말을 물에 타서 뿌려주면
저런 것이 되었으면, 저런 기쁨이 되었으면
부러워해본 적이 있었다

가을의 손

가을 햇볕으로
오천 명을 먹이고, 더 많은 여자들과 아이들도 먹이고
또 다른 오천 명을 먹이고
여자들과 아이들도 다 먹이고도 남은
햇볕 부스러기를 광주리에 주워담는
저 성자의 손같은 가을의 손이 보인다
가을 햇볕은 부스러기 하나도
버릴 것이 없다

봄날의 아득함으로

나이 탓이겠지만
아득함이 자주 나를 찾아오는 것이다
봄나들이 갔다가 돌아오던 시골버스 뒷좌석
기울어져 오던 그녀의 고개를 내 어깨가
기꺼이 받아주던 그 생각 하나만으로도
한 세상을 버티며 살아갈 수 있을 것 같았다

흘러내리기 쉬운 삶의 비탈을 지나오는 동안
누구도 한 번쯤 주저앉고 싶을 때가 없었을까

뒤돌아보면 허물어지기 쉬운 내가 여기까지
버티며 살아온 것은 기댈 곳이 있지 않았던가
기댈 곳이 있어야 버팀목이 된다는
단순한 진실에 빗대어보면 그녀의 고개가
바로 내가 기대던 곳이 아니었던가

다시 한 번 더 아득해지면
떡잎이 달고나온 솜털이 햇빛에 반짝이던 날
내가 처음 바라보았던 그날 그 설렘으로
곧 터질 것같은 봉오리를 단 배꽃나무 가지들과
함께 흔들려보는 것이다

우연한 음악이 은혜에 기대다

내가 살고 갈 세상에서
내가 살러 온 일을 혼자 생각해보면
그대가 받은 생도 "우연한 음악"이라는*
시 구절이 먼저 나를 찾아오는 것이다
"우연한"은 엄청난 행운이란 뜻을 품고 있고
누군들 세월에 실려 음악으로 흐르다가
잠시 동안의 여운을 남겨두고
그렇게 떠날 수 있기를 부탁하고 싶지 않는가
그런가하면 음계와 음계 사이에 통곡을
묻어두고 떠난 저 많은 생의 이야기를
덮어줄 수 없음을 우리는 안다
주문도 하지 않은 그린티 한 잔을
책상 위에 갖다 놓고
서늘해진 내 생각의 어깨 위에
따스한 손을 얹고 내가 끄적이고 있는 것을
들여다보던 우연한 음악 하나가
나를 타이르는 것이다
우연한 음악도 공짜로 받았으니까
그게 바로 하나님의 엄청난 은혜가 아니냐고

* 류시화의 시에서

껍질째 먹는 농담

올해도 신춘문예 시 당선작들을 읽어보고
해설과 경향도 읽어보았다
반세기도 전에 모국을 떠난 나로서는
시 보다 그 해설이 더 시적이란 생각에서
벗어날 수가 없었다
그런가하면
"농담은 껍질째 먹는 과일이다"라는
시 한 구절이 나를 떠나지 않고
이런 시를 쓰게 했다
우리 집에는 껍질째 먹는 방울 오렌지
금귤*나무가 두 그루 있다
단맛보다 새큼한 맛이 더 강하지만
아내가 이걸 잘게 썰어서
아침 과일 칵테일에 넣어주면
이 산뜻한 농담의 맛으로
더 이상 바랄 것이 없는 남가주의 좋은 아침은
더 칭찬해주길 바라는 것이다
이 얼마나 우연한 음악인가

* 금감, Kumquat

내 시의 독자는

우리들의 습작 시절에는
시가 읽혀지던 소박한 세상이었습니다
"읽던 시집을 머리맡에 펼쳐두고
낮잠에 든 주부는 아름답다
비록 입을 벌리고 자더라도"
이런 시 구절이 아직도 기억되고 있네요
「내 시의 독자 고르기」란 시에서
한 미국 시인은 서점에서 시집을 읽어보고
시집을 사려다가, 이 돈이면 입고 있는 코트를
세탁소에 맡길 수 있다는 생각으로
시집을 다시 꽂아두는 넉넉지 못한
중년의 여인이라고 했던 것 같습니다
읽히지도 않는 시를 아직도 쓰고 있다고
안쓰러워하지 않아도 됩니다
오래된 흑백 사진첩을 다시 들여다보듯
가끔 내 시집의 시를 읽어보는
내 시의 지치지 않는 독자는 바로 나입니다
종이가 누렇게 변하고 부서질 것 같아
첫시집을 조심스럽게 열면
눈 내리던 거리를 함께 걸었던
볼과 코끝에 홍조를 띤 그대의 청순했던
얼굴을 거기서 만납니다

잊지 않고 가끔 이메일을 보내오는 그대는
나를 외롭지 않고 이 세상을 살고 가게 해주는
고마운 분들 그 중의 한 사람입니다

가끔, 시를 쓰는 일은

이런 이메일을 받았다
영 철들 줄 몰라서
영 철들기 싫어서 시를 쓴다는 말은
이젠 낡은 슬픔처럼 들리지 않는가
어느 여성시인은
슬픔을 슬픔답게 하기 위해서
시를 쓴다고도 했는데
궁지에 몰린 나는, 궁리 끝에
오랫동안 간직해온 부끄러움을 잊지 않고
남은 세상을 살고 가려고
시를 쓴다는 답신을 보낼 수 있었다

시베리안 아이리스

젊었던 날, 흔들리던 시골버스 뒷좌석이 아니라도 좋다 슬픔의 고개가 기울어져 올 때 생각의 어깨로 받아 그 무게를 느꼈을 때 비로소 쓰여지는 시가 있다

그걸 미리 알고 피어나는 꽃도 있다 서러운 에너지가 농축되어 진한 보라색이 된다는 것이 믿어지지 않으면 5월초 미시간 호숫가에 자리잡은 우리집 뒷마당으로 와 보라 굳이 우랄산맥 쪽으로 길을 내지 않더라도 어느 마을에서 왔는지 아는 사람은 안다

기대어오는 슬픔의 고개를 내 여윈 어깨가 기꺼이 받아준다는 생각이 허물어지기 쉬운 나를, 나의 시를, 여기까지 오게 하지 않았는가 삶이 두근거리는 한 순간을 만나는 일은 느닷없이란 말에만 맡길 수 없지 않는가

해안선 위에 걸린 달

발을 다치면서 달리는
지칠 줄 모르는 생각 하나가, 길게
아주 길게 해안선을 그어놓는다
선명한 불빛도 그 발목이 물에 잠기면
국수가락처럼 허늘허늘해지는 바로 거기에
거대한 바다가 성큼 걸어와
어둑어둑 무겁게 눌러앉는다
내 마음 한 덩이가 무게를 던져버리고
그 위에 달로 떠서
지구 표면에 그려진 그림을 내려다 본다
여기 저기 모여사는 불빛의
따스함도 보인다
다시 이 세상에 돌아와도
죄 지으며 함께 살고 싶은 그곳
그러면 나에게 들려준 당신의 이야기
삶의 비탈에서 자꾸만 흘러내리는 마음을
꽉 잡아주는 상처들이 모여서
달의 표면에 빛나지 않는 부분을
걸어다니는 발자국 소리에 귀를 기울이는
그런 버릇이 생겼다는 이야기도
허락하면, 지구 표면에 그려진 그림 위에
함께 걸어두겠다.

2부
내 영혼이 쓰는 시

꿈의 언어는 상징과 은유로 되어있다는
조금은 낭만적인 해설에 말려들어
내가 이 시를 쓰는 오늘 밤에는
낙타가 되는 꿈이 찾아올지도 모른다
낙타는 꿈에서 깨어 커피를 끓이는 아침에
내 영혼이 쓰는 시를 한 번 더 읽어보게 될 것이다

첫눈의 예감

혼자서 추우면 여럿이 둘러서는구나 벗은 나무들은 시린 어깨를 서로 빌려주면서 겨울을 견딘다 겨울 숲에서 나는 홀로, 죄인을 요약한 말, 인간이기에 죄의 속옷을 한 벌 더 감추어 입고, 추위에 떨고있는 겨울 하늘 아래 함께 서 본다 그들이 언제나 나의 풍경이 되어주었으니 오늘은 내가 그들의 배경이 되어주려고 한다

"네 이웃을 네 몸같이 사랑하라"는 인자의 말씀은 인간들에게는 실행 가능성이 전혀 없다는 것을 너무나 잘 알기에 "네 몸같이"를 마땅히 넣어서 기록되게 했을 것이다 하여이 말씀은 묵상하기만 해도 첫눈은 내리는 것이다 먼저 사람들의 가슴에 그 다음에는 나무들의 시린 어깨를 덮어줄 것이다

북쪽 마을에 두고온 낙원

올해도 거대한 굴참나무는
저 많은 열매를 떨굴 것이다
거기에 집을 만들고 사는 스쿼럴다람쥐는
다가올 겨울을 견디기 위해 부지런히 먹고
그 다음에 올 봄과 여름의 양식으로
열심히 땅 속에 감추고 있을 것이다
굴참나무는 믿는다
감추어둔 도토리를 다 찾아 먹기에는
다람쥐의 기억력과 후각에 부족함이 있다는 것을
그중 몇 개는 새싹을 밀어올린다는 것을
다람쥐는 모른다 그의 유전자의 계획을
찾아먹지 못한 도토리는 언젠가
그의 후손의 후손을 위한
거대한 굴참나무가 된다는 것을
낙원인 줄 모르고 낙원에 사는 사람들을 위해서는
조물주는 얼마쯤 근심스런 말씀을 할지도 모른다
저것들이 산아제한을 한다, 한다 하지만
실수할 때가 있을거라고
실수로 태어난 아이들이 자라서
가장 성실한 지구인이 된다는 것을

부족함과 실수를 밑거름으로 오가는 계절을

온전하게 하는 북쪽 마을의 낙원은
이제 내 마음 한 귀퉁이에 자리잡고
나를 가끔 아득하게 하는 것이다

시골교회 뒷마당에 서있는

내일은 목요일, 순하게 길들여진 나무의 날
바라보면 참회하기 쉬운 나무가 바로 나다

언제나 착한 이름으로 남아있는
교회 뒷마당에서 길어지는 내 그림자가
오후 7시에 가 닿으면 즉시 거두어들이고
이 마을 사람들이 수요예배에 나오는
저녁의 길을 평탄케 한다

각자 다른 분량의 소금을 간직하고 있지만
어떤 이웃은 이것을 가슴에 저장하고
쓰리고 아픈 상처의 시간을 견디고 있지만
"소금이 짠맛을 잃으면"이라는 구절에서
함께 평등해진다

"오늘 나와 함께 낙원에 있으리라"
이 말씀을 붙들고
저 많은 믿음의 사람들이 그리로 갔지만
죄를 지을 수 없는, 회개할 수 없는
나의 낙원은 바로 이곳이다 내일은 목요일
온 종일 순하게 길들여진 나무의 날
나무의 서서 지키는 평화를 보려면, 여기
시골교회 뒷마당으로 와 보라

상처 입은 나무들과 함께

그날 설교에는 상처에 관한 말씀으로
마무리되고 있었다
어느 부흥 목사가 교인들의 눈을 감기고
이 교회에서 상처받은 사람들은
손을 들어보라고 했을 때 많은 교인들이
손을 들었는가 하면 상처준 사람들은
한 두 명이 손을 들더라는
몇 번 들었던 이야기도 끼어 있었다
상처받고 싶어서 사람들이 교회에 나오는가
아니면 상처받기 쉬운 사람들이
교회로 모이는가
나는 누구 누구에게 상처를 주었는지
점심을 함께 하는 친교 시간에
우리 〈열매 맺는 교회〉의 성도들을 위해서
"상처 없는 나무가 떨군 열매는 믿을 수 없다"는
빌려온 시 구절을 써서 돌려보면 어떨까
하는 생각에 잠겨보았던 것이다

당나귀 편에 서보다

설교는 예수님의 예루살렘 입성이었으나
나는 당나귀새끼를 따라가고 있었다

지난해 CNN 〈히어로〉에는, 병들고
굶주리고, 힘든 일로 다치고, 학대받고, 버려진
650 마리나 되는 당나귀들을 모아
치료해주고, 배불리 먹이고, 편안하게
살고 가게 해주는 사람이 있었다

하나님의 아들은 하늘처럼 가벼웠을까, 아니면
하늘처럼 무거웠을까
찬송 부르고 고함 지르는 무리들을 지나갔을 때
오줌을 줄줄 흘렸을 것이다
더 궁금한 일은 입성 후에 그 나귀새끼는
주인이 행렬을 따라가다가, 아니면
제자 중 한 분이 다시 몰고가서
어미 곁에 묶어주었다는 이야기보다는
주인 없이 방황하는 나귀새끼를 한 아이가
자기 아버지에게 몰고갔을 가능성이
훨씬 크다는 짐작이
내 생각의 골목길을 콱 막아버렸던 것이다
뚱뚱한 아버지가 어린 아들과 함께 당나귀를 타고

중동의 한 거리를 가는 장면을 유튜브에서
보았던 기억 때문이었다 비틀거리는 다리의
관절이 부서질 것 같던 그 장면이

많은 교인들은 성경에 이름이 적힌 것만으로도
은혜가 족하다고 하겠지만
당나귀 편에 서는 것이 곧 하나님 편에
서는 것이라는 그 사람의 말을 여기에
적어두고 싶어서 나는 나의 시와 함께 처음으로
당나귀 편에 한 번 서보았던 것이다

낙타가 되는 꿈

십여 년만에 모국에 들렸을 때의 일이다
누군가 읽다가 공항의자 위에 두고간 신문
시인마을란에 실린 시를 읽었다
낙타가죽으로 만든 구두를 신고 낙타의
질긴 슬픔으로 모래의 흐느낌을 듣고 싶다는
한 여성시인의 시였다
그날 밤 나는 낙타의 행렬에 함께 걸어가는
꿈을 선물로 받았다
여자가 행렬에 참가할 수 있었는가, 하는 나의 의문에
낙타가죽으로 만든 구두를 신고 있는 여자라고 했다

꿈은 당신의 영혼이 쓰는 시입니다
꿈의 언어는 상징과 은유로 되어있다는
조금은 낭만적인 해설에 말려들어
내가 이 시를 쓰는 오늘 밤에는 낙타가 되는 꿈이
찾아올지도 모른다는 엉뚱한 생각이 떠오른 것이다
부자가 되는 꿈은 진작 버렸으니까 바늘귀는 문을
활짝 열어 그리로 낙타를 통과시킬지도 모를 일이다
그러면 낙타는 꿈에서 깨어 커피를 끓이는 아침에
내 영혼이 쓰는 시를 한 번 더 읽어보게 될 것이다

산을 위한 추천서

오래 전 미시간주에 있었던 일이지만
병원에서 2년간 함께 일하던 젊은 의사가
산이 보이지 않아서, 눈길을 둘 곳이 없어서
견디기가 힘든다고, 떠나야겠다고
추천서를 써달라고 했다
나는 산을 위한 추천서를 처음 써보았고
그는 콜로라도스프링으로 옮겨갔었다
마음 맞는 여인과 결혼해서 행복하다는 소식
그리고 첫딸의 사진도 받았지만
그후의 일은 내가 몰라도 되는 것으로
남아 있었다
나도 이제 남가주의 산간마을에 자리잡고
아침이면 커피머그컵을 들고 뒷마당으로 나가
가까운 산 먼 산, 가까운 산으로 눈길을 옮기다가
가끔 그의 생각이 떠오르기도 하는 것이다
흰 눈을 머리에 이고 있는 먼 산으로 눈길이 가면
저 눈이 녹아서 이 목마른 땅에
강을 흐르게 한다는 생각으로 내 가슴도
함께 시원해지는 것이다

못다 쓴 편지

그날 저녁 나는 빚진 자의 마음으로
못다 쓴 그의 편지를 마무리해주고 싶었다

2차 대전 종전 70년을 뒤돌아 보면서
조그만 신문기사가 잡지 한 귀퉁이에
재생되어 있었다
종전 2년 후 흙무덤 속에서 발견된
젊은 군의관의 가방에는 그의 여인에게
반쯤 쓰다가 접어둔 편지가 잘 보관되어 있었고
그의 만년필에는 아직도 그의 편지를 다 쓰기에
충분한 잉크가 남아 있었다고 했다

그때 한 동방의 식민지 나라에서
이름과 성을 잃어버릴 뻔했던 한 코흘리개 아이가
그의 나라로 건너와서
그와 그의 여인이 함께 꿈꾸었던
의사 직업에서 은퇴하고 쉽게 늙어가고 있지 않은가

그날 저녁 나는 빚진 자의 마음으로
늙어볼 특권을 거부당한 저 많은 영혼들을
생각하다가 잠이 들었다

흔들리는 봄날

날씨는 더 칭찬받고 싶을 때
치마를 무릎 위로 살짝 들어올린다
라고 쓰는 늙은이가 아직도 여기 있네
올해도 흰 구름꽃을 피워올리는
마을 입구에 줄지어 선 관상용 배꽃나무들
그 가지들과 함께 흔들리다가 들어와서
책상 앞에 앉아본다 한 여성시인이 쓴 시 구절
"바람의 허벅지를 만지고 오다"
좀 더 엉뚱해지고 어리석어지면 아직도
이런 시 구절도 쓸 수 있다는 생각
아무 것도 흔들어주지 않으면 시를 써서
시와 함께 흔들릴 수 있다는 생각을 하다니
아무렴 어때, 모든 것을 용서하는 봄날이니까
영 철들 줄 모르는 늙은이가 아직도
시 비슷한 것을 쓰고 있네

우습지만 슬픈 농담

내가 아직도 계절의 바깥으로
밀려나기 전의 일이지만
아침이면 채소밭으로 가서
꽃의 수술을 따서
호박의 암꽃에 넣어주는 일을
몇 해 동안 해야만 했었습니다

붕붕대던 호박벌 소리를
환청으로 들으면서, 저 꽃들이
그 소리를 얼마나 그리워할까
이런 엉뚱한 생각을 자주했던 것은
내가 아직도 산부인과 의사였던 시절
인공수정으로 임신한 여인들로부터
무척이나 어렵고 힘들었다는 말을
자주 들었기 때문이었습니다

그날 아침 뉴스에서는 호박벌이
멸종 위기에 처한 종 목록에 올랐다는
보고가 있었습니다
이런 짓을 하던 나를 내다보며
열매맺는 교회 교인 자격이 충분하다던
채소밭 주인의 농담이
우습지만 슬프게 기억되는 아침이었습니다

나를 기다리게 해주는 것들

묵은 장미 그루터기를 뽑아내고
과일나무들을 심었습니다
세월은 이제 슬픈 속도로 흘러 가버리지만
계절은 돌아와 언제나 나에게
기다릴 것이 있게 해줍니다
꽃진 자리에 콩 만한 것이 앉아서
달고 나온 솜털을 햇빛에 반짝이며
허전한 마음이 기댈 곳이
여기에 있다고 말해줍니다
하여, 여름날들은
풋과일들의 두근거리는 가슴과 함께
가을을 기다리게 해줍니다
봄날 정원 한 귀퉁이를 가득 채우던 그 향기를
가을이 어떻게 익혀주고 갔는지 궁금해지면
먼저 쟁반 위에 담긴 과일의 껍질을 벗겨본 다음
한입 깨물어 보면 압니다
가끔 찾아오는 당신의 이메일도
나를 기다리게 해주는 것들 그 중의 하나입니다

무화과의 계절

무화과가 익기 시작하면 새들이 찾아온다
플라스틱 올빼미도 달아보고
알루미늄 포일로 포장해서 감추어보기도 했지만
그들의 식욕을 막을 수가 없었다
하여, 나는 내 마음과 협상을 했다
그들과 반씩 나누어 먹기로 했다
다시, 이 지상을 오가는 세월을 그들과
함께 살고 간다는 친밀감이 회복되고
내 마음에 찾아온 작은 평화와 더불어
과일을 즐길 수 있었다
가끔은, 얼마나 시장하셨으면 인자가 말씀으로
과일 없는 무화과나무를 말려버렸을까 하는
엉뚱한 생각도 하면서

행복해지기 쉬운 날

철학자 칸트의 행복의 조건은
나를 쉽게 늙어가게 하고 있다
할 일이 있고
사랑하는 사람이 있고
희망이 있으면
행복한 사람이라고 했다
젊은 시절 눈을 들어 멀리 바라보았던
희망이라는 단어는 이제
바램이라는 말로 바꾸어놓고 있다
환한 아침나절이
나를 바깥마당으로 불러내면
꽃나무와 과일나무들이 나에게
일자리를 마련해주는 것이다
잡초에게 감사의 큰절을 올리라고 해도
부끄럽지 않은 날이다
아내가 점심은?, 하고 물어오면
가는 국수를 삶아 멸치국물에 말아주던
그 가볍고 단순한 맛을 주문하기 좋은 날이다

멸치국물 그 맛의 오솔길

계곡의 골프코스를 끼고 있는 산모퉁이를 돌아
윗마을로 가는 산책길에서
가는 국수를 삶아 멸치국물에 말아준 점심
가볍고 단순한 맛
그 생각 하나로 발걸음이 가벼워지는 것이다
낯익은 풍경들도 조금은 낯설게 보인다면
이건 과장일까
윗마을 앞을 지나 돌아오는 길에 찾아온 허기
이 기름진 세상에서 느껴보지 못하는
가볍고 상쾌한 허기
이제 나의 발걸음은
멸치두부찌개 냄비에서 파냄새 나는 김이 오르는
그 집을 찾아가는 길만 남아있다

웨일 워칭 투어 시즌

　무엇을 찾으려고 이 세상에 왔는지 모르는 자는 쉽게 이런 함정에 빠진다고 했다 고래는 왜 바다로 돌아갔는가?, 아니면 가야만 했는가?
　이런 질문 하나로 대학교수가 되었고, 은퇴 후 웨일워칭 투어가이드로 일하는 건장하게 늙은 한 남자를 만날 수 있을 것이다

　그의 안내말에 대한 반응으로, 그런 건 몰라도 되요, 성경에 모범답안이 있지 않느냐는 나이 지긋한 한 여성 승객의 의견에, 아브람에게는 가나안 땅으로 가라고 했지만 고래에게는 바다로 첨벙 뛰어들라고 하지 않았던가?
　커다란 어리석음없이 어떻게 커다란 믿음이 생겼겠는가, 생각해보라고 했다

　드디어 고래가 물을 차고 그의 몸을 보여주었을 때, 많은 사람들의 환성 가운데서 내가 바라본 것은 오직 커다란 어리석음만이 껴안을 수 있는 거대한 믿음의 덩어리가 첨벙 물 속으로 다시 뛰어드는 것이었다
　돌아오는 뱃길에 내가 그의 옆자리에 앉았을 때 오늘은 내가 하는 거짓말에 내 귀가 솔깃해졌다고 나지막하게 내 귀에다 대고 말했다
　아, 그게 바로 내가 시를 쓰는 방식이라고, 내가 하는 거

짓말에 먼저 내 귀가 솔깃해져야 남을 말려들게 할 수 있다
고 말했다

　올 시즌에도 투어가이드로 일하니까 만나보자는 그의 이
메일을 받았다
　커다란 어리석음이 작은 어리석음에게, 라고 쓰여져 있었
다 이 시대에도 읽히지도 않는 시를 쓰고 있으니까 나도 작
은 어리석음 정도는 된다는 것이었다

엉겅퀴란 말은 욕설이 아닙니다

"흔들리는 풀숲, 바람을 옮겨가며
마을 사람들의 욕설처럼 핀다"는
시 구절을 읽었다
혈액을 응고시켜 지혈하는 효과 때문에
엉겅퀴란 이름이 주어졌을 뿐이다
이쪽 세상에서는 오랫동안
밀크시슬 Milk Thistle 이라고 불린 것은
산모의 젖을 잘 돌게하는 효과 때문이며
그 잎에 흰 얼룩이 보이는 것을
성모마리아의 밀크라는 거룩한 이름으로
불려지고 있는 것이다
관절염에, 정력강장제로도 쓰인다는
여러가지 약효 중에 간세포의 활성화에
가장 효과가 있는 유일한 약재로 증명되어
간염이나 간암 치료에 쓰이고 있지 않는가
약효가 한국의 엉겅퀴에 가장 높다는 것이
널리 알려져서 상품화된 패키지에는
한국산이라는 표시가 늘 따라다니고 있다

"매맞은 일을 자꾸
잊어버리는 색깔 같다"는
시 구절은 너무 가혹하지 않는가

자기 보호의 가시가 있다고 해서
피멍이 들도록 두들겨 패야하는가
가시를 만지는 생각의 상처를 털어버리고
이쯤에서 순해진 마음으로 바라보자
분홍이나 자주색의 꽃은, 풀꽃*처럼
자세히 보아야, 오래보지 않아도 예쁘고
한 번쯤 사랑스럽길 바란다

* 나태주의 시에서

봄볕 아늑한 날에

정원벤치에 몸을 풀어놓고 앉아
한나절 나에게 일자리를 내어준
꽃밭을 바라보고 앉았더니
나비 한 마리, 막 변태의 과정을 마친 듯
내 옆자리에 내려와 앉아
젖은 날개를 말리고 있었다
내가 살고 갈 세상과 그가 살러온 세상이
겹치는 한 순간의 친밀감으로
흙 묻은 작업화를 벗고, 양말도 벗고
나도 젖은 발을
함께 널어 말려보기로 했다
생명의 감추어진 설계도가
목숨의 고유한 색깔을 환하게 들어내는
그 절차를 마친 나비 한 마리
내 발에 앉았다가 놀란 듯이 날아올라
꽃밭 속으로 사라졌다
오늘 아침 샤워부터 하고 나올 걸 그랬나
때 늦은 후회도 해보는 봄볕 아늑한 날

능금, 그 향기의 무게

봄날, 정원 한 귀퉁이를 가득 채우던
그 향기가 무게를 얻어 나뭇가지가 휘어져 있다
명석한 그 누군가는
지상으로 추락하는 저 향기의 무게에서
만유인력을 읽고 갔지만
나는 이 감미로운 언어에서
어떤 진실을 찾아낼 수 있을지
가슴이 두근거리고 있었다
그때 내 등 뒤에서
나직하지만 분명한 말소리가 들렸다
까만 글자로, 서툰 솜씨로, 개칠하지 말라고
나는 그 음성의 주인이
가을인지 내 시인지 분간이 가지 않았지만
약간의 반항심을 일으키기에 충분하였다
과수원에서 자라서 늙어가는 아이가
그 속내를 들어내어 보인다면
애플이나 사과라는 표준어에서가 아니라
땀 흘려 과수원을 일군 조부님 그리고
내 어머니가 가르쳐 준 "능금"이란 말에서만
향기의 무게를 느낀다고
여기에 까만 글자로 적어두겠다
이제 진실이란 말에 내가 감당할 일은

한 동안 그저 바라보기만 하면 되는 것이다
향기의 무게가 휘어진 가지를
더 이상 견디지 못할 때
한 알의 빛나는 능금은 쟁반 위에 놓여지고
가을은 그만치 몸이 가벼워져서
어디론가 떠날 준비를 할 것이다

3부
무엇으로 흔들리는가

아직도 가끔 흔들리고 싶어서 시를 쓴다고
내가 쓴 시를 흔들어서
함께 흔들리고 싶기 때문에
시를 쓴다는 답신을 보냈다

그 물빛

강은 바다에 이르러 흐름을 멈추고 잠시 망설인다
깊이를 감추고 있는 저 검푸른 세계로
스며들어 사라지기 전 그 망설임의 물빛을
영산강 하류에 자리잡은 어촌
강구마을에서 보았다

오늘은 벽난로 위에 놓인 고려자기 한 점
아내가 물려받은 보물의 먼지를 닦아내다가
그 망설임의 물빛을 다시 보았던 것이다

옹기가마의 그 뜨거운 불길이 어떻게 물빛을
구워내었는지는 알 수 없다 하더라도
반복되는 실패에도 끝내 좌절하지 않았을
그 도예공도 어느 강의 하류에 자리잡은 어촌
강구마을에서 자랐을지도 모른다는 생각이 찾아와
나를 아득하게 하는 것이다

애리조나주의 밤하늘

그날 밤 나는 애리조나주의
이름 모르는 작은 도시를 지나왔습니다

이곳 주민들은 별 보기를 좋아해서
가로등을 켜지 않는다는 말을 한 바로 그 사람이
이 도시의 시장일지도 모른다는 생각이 찾아와서
도롯가에 차를 세우고 별을 쳐다보기로 했습니다

사와로 선인장들이 파수병들처럼 서있어서
저 많은 별들도 안심하고 낮게 내려와 있었습니다

푸른 별

우주탐사선이 지구를 떠나 저만치 가다가

뒤돌아보고 찍어 보낸 사진

저 아름다운 푸른 별

어느 날 떠나가던 내 영혼이 저만치 가다가

꼭 한 번 뒤돌아보고 싶은 저 그리운 푸른 별

누군가가 한 번 물어봐줄까

다시 돌아가도 따스한 체온을 나누며

은밀한 죄 함께 지으며 살고 싶은 저곳

섬

나는 다시 젊어져서
섬으로 가는 목선을 타고 싶다
바닷바람에 출렁이던 그대의 검은 머리카락이
내 오른 쪽 볼과 귀를 스치던 그 감촉을
다시 느껴보고 싶다
파도소리로 잠이 들고 파도소리로
잠을 깨고 싶다
그러면 저 오랜 세월을 그처럼
무심할 수 있느냐고 나를 나무란다면
종이가 누렇게 변하고 부서질 것 같아
조심스럽게 내 첫시집을 열겠습니다
지키지 못한 우리들의 약속이 거기에
한 점의 절망처럼 바다도 지울 수 없는
섬 하나로 남아있다고 여기에 적어둡니다
이런 낡은 슬픔같은 것이 시가 될 수 없다는
진짜 시인들을 두려워 하지 않아도 됩니다
영 철들 줄 모르는 늙은이가 아직도
시 비슷한 것을 쓰고 있다고
미리 경고해 두었습니다

따스했던 그해의 겨울

얼마나 다행한 일이었던가 하루 종일 연탄 냄새가 다 빠지지 않던 골목길들, 그 도시에 조그만 공원이 도롯가에 자리 잡고 있었다는 것은 겨울나무들이 긴 그림자를 눈 위에 눕히고 오후의 시간 쪽으로 길어지고 있을 때, 내가 먼저 와서 그녀의 장화에 눈 밟히는 소리를 기다릴 수 있었다는 것은

얼마나 다행한 일이었던가 형이 장가 들면서 물려준 외투, 군용품을 수리하여 검정색 물을 들인 두터운 외투, 그 포켓 속에 손을 넣으면 언제나 만지작거릴 수 있었던 두 닢의 따스한 동전도 함께 물려받았다는 것은

얼마나 다행한 일이었던가 눈이 녹으면서 질척해지면 연탄재를 던져놓던 그 골목길에 녹향이라는 클래식 음악 다방이 있었다는 것은, 두 잔의 차값만 있으면 조금은 사치스러운 시간을 살 수 있었던 시절, 이제 쉽게 늙어가는 60년대의 한 젊은이가 아직도 이런 시를 쓸 수 있다는 것은, 아 얼마나 다행한 일인가

낙타의 눈물

몽고고원에서 아직도 쌍봉낙타에 기대어 사는 사람들의 생활을 유튜브로 보여주었다. 낙타가 의식주의 모두를 해결해주고 교통수단도 되고 있다. 낙타를 타고 가서 낙타의 마른 배설물들을 주워 와서 요리와 난방용 땔감으로 사용하고 있었다.

낙타의 두 개의 혹 안에는 지방층을 저장하고 있어서 4개월 먹지 않아도 살 수 있고 물을 저장하는 위가 있어서 한 달간 물을 마시지 않아도 된다고 했다.

이 완전한 사막의 전차도 산후 우울증으로 새끼에게 젖 물리기를 계속 거부하는 것이었다. 마침내 주인은 수의사를 부르기로 하는데 그는 몽고인들의 현악기 마두금을 켜는 악사였다. 높은 음의 현과 낮은 음의 현을 물어뜯는 그 소리가 낙타의 질긴 슬픔과 맞물려 낙타가 한동안 눈물을 흘리고 난 다음 새끼에게 젖을 물리는 장면은 감동적이었다. 이 얼마나 인간적인 처방인가. 두 곳의 메디칼센터에서 산과 책임자로 일했던 나에게, 산후 디프래션을 정신과 의사와 의논하여 약물치료를 주로했던 나에게 결핍이 무엇이었던가를 늦게나마 깨닫게 해주는 장면이었다.

무엇으로 흔들리는가

요즘은 무엇으로 흔들리고 있는지
물어오는 이메일을 받았다
날씨는 더 칭찬받고 싶을 때
치마를 무릎 위로 살짝 들어올린다
라고 써놓고, 잠시 흔들리며 아득해진다는
내 시 구절 때문일 것이다

흔들리고 싶다는 말은
어느 시골 간이역에서 만났던
목이 가느다란 코스모스들의 기억처럼
바람에게 희망을 걸지만
젊었던 화가 모딜리아니는
여인들의 목을 길고 가늘게 그려놓고
함께 흔들려 보았을까?
한때 아주 젊어 있었던 나도
어느 봄날, 떡잎이 달고나온 솜털과
그녀의 가느다란 목덜미의 그것이
햇빛에 반짝이는 것을 번갈아 보면서
내 마음도 나무가지와
함께 흔들려보지 않았던가

아직도 가끔 흔들리고 싶어서 시를 쓴다고

내가 쓴 시를 흔들어서
함께 흔들리고 싶기 때문에
시를 쓴다는 답신을 보냈다

무화과나무 앞에 다시 서보다

남은 몇 개의 과일은 새들이 먹게 하고
오늘 아침 나는
잎만 무성한 무화과나무를 바라본다
몇 해 전 일이지만 가지에 CD도 달아보고
알루미늄 포일로 과일을 싸보기도 했지만
새들의 식욕을 막을 수가 없었다
하여, 그 다음 해에는 새들과 반반 나누어 먹기로
작정하고 나니 내 마음에 평화가 찾아오고
새들과의 관계도 회복되었던 것이다
이 지구별의 한때를 함께 살고가는
다른 생명체들과의 친근감도 더 좋아졌던 것이다
그런가하면, 몹시 시장했던 인자가 말려버렸던
그 나무가 바로 이때의 무화과나무가 아니었는지
이런 외람된 생각이 소스라치게 떠올라
나를 놀라게 하는 것이다

아직도 시를 쓰나요?

오늘은 나의 아득함이 다시 나폴리의 여행객으로 데려다 줍니다

아파트 건물 발코니마다 널려있던 선량한 빨래들에게 날개를 달아주어 잔잔하던 바다 위를 날개해주고 싶었던 오후를, 고층 건물들이 황혼에 닿아 이 지방이 빚고 있는 포도주처럼 익어가고 있던 시간을, 검푸른 바다로부터 돌아오던 물새떼들이 저무는 하늘을 배경으로 까만 글자들처럼 기억에 다시 살아날 때, 시는 여행의 초대이자 귀향이라는 옥타비오 파스의 말을, 내 평범한 일상을 위해 다시 인용해보는 것이 시가 되기도 합니다

오랫동안 모른 척하고 있었던 안부를 물어봅니다 그대의 이메일이 시와 함께 여기까지 흘러온 이유를 한번 돌아보게 해주었습니다

잔디밭을 맨발로 걸어보라

젊은 시인들을 힘들게 읽다가
어울리지 않아도 상관하지 않고
이미지를 툭툭 던져놓는 그들을
조금은 부러워해보기도 하다가
여기 저기 소통의 벽에 부딪치기도 하다가
환한 봄날의 아침나절, 뒷마당의 잔디밭을
맨발로 걸어보기로 했다
내 발바닥과 적당히 습한 부드러움의
저 잔디풀과의 소통
그 시원함은 쉽게 이루어지지 않는가

"나는 풀이다. 나를 밟고가라. 나는 사람들의 발에
밟힐려고 이 세상에 왔다"
어디선가 낯익은 말소리가 들려왔다
"밟히고도 일어설 수 있는 장치를 달고
너는 이 세상에 왔지만
역사의 발에, 종교의, 권력의 발에, 혁명의 발에
밟히고 일어서지 못한 저 많은 사람들이
있고 난 다음에 이 세상에 내가 왔다"

너는 풀이다, 가끔 혼자 중얼거리기도 하는 나는
풀과의 소통이 이 세상과의 소통으로 이어지고

이윽고 신과의 화해도 이루어지길 바라는
엉뚱한 생각을 여기 적어두고도
용서 받을 이유가 없다는 것이
내가 시를 쓰는 바로 그 이유가 아닌가
소통의 문제는 그들 젊은이들이 아니고
그 일에 전전긍긍하는 바로 나라고 반성한 다음
책상 위에 놓여있는 그들의 시를 다시 읽어보겠다

이상한 말을 하고 있다

몇 해 전 한 젊은 여성시인이
나의 네 번째 시집을 새 시집 소개란에
올린 적이 있었다
시가 너무 길다로 시작해서
불평이 많은 글을 함께 올렸었는데
그녀와 나 사이에는 반 세기라는 세월이 있고
거대한 바다, 태평양이란 거리가 있지 않는가
한 번 읽고 잊어버리기로 했다
그런데 오늘 느닷없이
"시를 쓰던 버릇이 의학연구에 도움이 되었다는
이상한 말을 하고 있다"는 시인의 말을 읽고 쓴
그녀의 글이 나를 찾아온 것이다
내가 먼저 나를 설득시켜 보기로 했다
잘 길들여진 지식과 정돈되어
줄지어선 생각들이 비껴 서서
보다 어리석고 엉뚱한 생각에게 길을 내어줄 때
마침내 새로운 오솔길이 선뜻 보였던 것이다
뒤풀이 한다, 이 늦은 나이에도 가끔은
어리석고 엉뚱해지고 싶어서 시를 쓴다

시조새의 화석을 본다

앞다리에 새의 날개 깃털이 달린
고비사막에서 발견된 시조새의 화석을
다시 들여다본다
파충류가 먼저 하늘을 나는 꿈을 이루었다는 것은
인류에게 한 가닥 끈질긴 욕망으로
하늘을 쳐다보게 하지 않았던가
라이트 형제의 비행이 그러했듯이
시조새가 처음 그린 포물선도 20피트를
넘지 못했을 것이다
마침내 하늘 높이 일획을 그었을 때
깊이를 감추고 있는 검푸른 바다와 꿈틀거리는
산자락들이 한 눈에 내려다 보였을 때
온몸에 소름이 돋았을 것이다

고생물학자들은 말한다 공룡들은
화석으로만 남아있지 않고 오늘도 당신들의
뒷마당을 날고 있다고

아내의 어깨 위에 손을 얹고 할 말

강물은 모르고 흐르겠지만
돌아올 수 없다는 것을 알고 흐르는
강물같은 우리들도 있다
나의 흐름이 어느 기슭에 닿아, 누군가의
마음 기슭에 닿아서, 함께 흘러오지 않았는가
영산강 하류에서, 깊이를 감추고 있는
저 검푸른 바다로 흘러들어가 사라지기 전
잠시 머뭇거리는 강의 물빛을 본 적이있다

"용케도 여기까지 무사히 흘러오다니
고마워, 함께 흘러주어서 외롭지 않았어"

아득함이 데려다주는 새벽

〈런던타임즈〉에서 가장 행복했던 사람의 정의를
독자들로부터 모집한 적이 있었다고 한다
그 결과를 보면

1위, 모래성을 막 완성한 어린아이
2위, 아기 목욕을 다 시키고 난 어머니
3위, 세밀한 공예품을 완성하고 휘파람 부는 목공

새벽 3시, 수술을 마치고 조수 들었던 젊은 의사와
마주앉아 커피를 마시던 시간이, 어려운 수술을
성공하고 한 생명을 구한 의사가 4위를 차지했다는
내용과 함께 나를 찾아와 나를 아득하게 하는 것이다

문이 말한다

프랑시즈 퐁쥬의 「문의 기쁨」은 이렇게 시작한다
왕들은 문에 손을 대지 않는다
— 문을 두 팔로 여닫는 기쁨을 모른다

금박무늬로 장식된 거대한 두 판대기가 두 명의 근위병에
의해 양쪽으로 열리고 그는 눈을 가늘게 뜨고 턱을 치켜새
우고 왼쪽 팔을 당당하게 흔들며 걸어들어온다 그러나 오
른 쪽 팔과 손은 옆구리와 허벅지 근처에 머문다 게슈타포
시절의 훈련으로 오른손에 무기를 쥐고 있거나, 가까이 있
어야 했기 때문이다 그의 정적은 하나 둘, 열 하나 열 여덟,
모두 처치되었는데도 말이다

퐁쥬의 「사물 시론」은 말한다 인간의 생각으로 개칠하지
말고 사물이 직접 말하게 하라고 한다
문이 말한다 피 묻은 손으로 여닫히면 몸에 소름이 돋는
다고

그리움의 세계가 따로 있다

바다로 가는 길, 그 끝에서 바라보면
무엇이 보이느냐고 물어오면, 60년대
의예과 시절에 함께 여행했던
남쪽 바다의 여름
물 속에 드리운 제 그림자를 거두어 올리고
한 발자국 비껴 서서 우리들의 뱃길을 터주던
다정한 섬들의 바다라고 선뜻 대답하겠습니다
오랜 세월을 그렇게 무심할 수 있느냐고 물어오면
우리들의 사랑은 함께 저물던 섬 하나로
거기 남아 있다는 확신의 말을 적어 놓습니다

그러나 내가 쓴 글이 한물간 서정시로 남아있다면
잠에서 깨어나는 다도해가 사막의
다른 얼굴이라는 것을 깨달았다는 한 노시인의*
시 구절을 옮겨놓고 다시 써보겠습니다
낙타는 물론 야생동물 보호구역에 있겠고
가끔 서울 하늘에 펼쳐진 신기루
타클라마칸 사막을 바라보고 있을 겁니다
황사바람의 예감으로 긴 속눈썹의 눈을 껌벅이고
코를 벌름거리는 것은 바람에 실려오는 오아시스
기억의 물냄새 때문일 겁니다

>
이것은 또 다른 이야기인데, 내가 아직도 의사였던
80년대의 어느 혹독한 겨울
임신 8개월의 에스키모 여인이 고향이 그리워서
못견디겠다고, 다녀와도 되겠느냐고 물어왔습니다
발등과 발목이 더 부어오를지도 모르니까
헐거운 장화를 신고가라는 조언을 해주었습니다

* 허만하 시인의 시에서

푸른 하늘

뒷마당으로 나가면 먼저
가깝고 먼산 위에 높이 서있는
눈이 시리도록 푸른 하늘을 바라보는 것이다
"눈이 부시게 푸르른 날은
그리운 사람을 그리워하자"라고 쓴
시가 읽혀지던 시대를 살고 간 시인의
시구절이 찾아오기도 하는 것이다
행성들 중에서 오직 이 별에서만
푸른 하늘을 볼 수 있다는 것을
그는 알고 시를 썼을까
이것은 산소와 질서의 공기조성이
특별한 비율로 되어있기 때문이란 것을
몰랐다고 해도 섭섭함은 없을 것이다
눈이 시리도록 푸른 하늘에
시는 이미 쓰여졌으니까
시를 쓸 엄두도 못내는 내가 할 수 있는 일은
나를 외롭지 않고, 춥지 않고
따스하게 살고 가게 해 주는 여러분께
감사의 말은 적어둘 수 있지 않는가
그들이 바로 나의 그리운 사람들이니까

아마존 강

나와 함께 일하던 의사 친구는
자기 환자들을 모두 나에게 맡기고
한 달 동안 아마존 여행을 떠났다
안데스 산 기슭에서 시작한다고 했다

그렇다, 저 빙하의 산정에서는
얼음 덩어리 끝에서 떨어지는
차가운 물방울이었을 것이다
산간을 급히 떠나
넓은 초원을 만나면
이 세상에서 가장 큰 새의 그림자를
모른 척하고
그냥 지나가게 했을 것이다
그러나 저 우기의 원시림을
가로질러 흐를 때는
더 넓고 더 깊게 흘러서
수심을 헤아릴 수 없는
그런 강이 되고싶었을 것이다
아마존이 되고싶었을 것이다

나와 그의 환자들로 심신이 고단한
나의 잠은

바닥이 없는 그 강물 속으로
깊이 가라앉는 것이었다
그 한 달 동안
나의 친구는 밤마다 그의 진료실로 돌아와
환자들을 치료하는 꿈을 꾸고
나의 꿈은 기분 좋은 아가미와
거대한 지느러미를 달고 있었다
누구든지 강이 되어 흐른다면
그것이 한 가닥 허망한 꿈이라 하더라도
아마존이 되고 싶을 것이다

반도네온이 한 번 더 울었다*
— 배정웅 시인을 추모하며

미주한인 문단을 이끌던
누구보다도 시인이었던 시인
온몸으로 시를 쓰던 열정의 시인이
우리 곁을 떠났습니다

모국을 떠날 때는 다시는
시를 쓰지 않겠다고 다짐했지만
이민자의 삶, 그 고달픔의 무게로
주저앉았을 때
그의 손을 잡아 일으켜 준 것이
바로 시였다고 고백했던 시인

남아메리카 대륙의 낯선 지구촌을 떠돌며
향수로 시달리던 외로움을 달래며
그곳 주민들의 삶과 풍속을
따스한 눈길로 바라본 그의 시편들은
그가 아니면 누구도 쓸 수 없는
감동의 노래였습니다
아니면 소리 죽인 울음이기도 했습니다
새들은 뻬루에서 울지 않았지만
그들처럼 보따리 싸들고
안데스의 강추위를 건너고

따그나의 국경을 건너고
차라리 적막한 땅
아라까에서 함께 울었다던 유랑의 시인

시와 함께 살다가 시만 남겨두고 떠난
저 시인들 중의 시인의 일생을
축하하려고 모인 시인들 가운데서
문인장 식장을 꽉 메운 문인들 가운데서
조사를 맡은 내가 바라본 것은
그의 반도네온이 한 번 더
울어대는 것이었습니다

* 그의 시에 소개된 남미의 악기

아득하게 흔들리는 저녁을 위한 시

– 쓸모없음의 쓸모에 관한 상상들

이형권 문학평론가

아득하게 흔들리는 저녁을 위한 시
– 쓸모없음의 쓸모에 관한 상상들

이형권 문학평론가

1. 헐거워진 저녁의 언어

이창윤 시인은 1966년 『현대문학』으로 등단한 이래, 『잎새들의 해안』, 『강물은 멀리서 흘러도』, 『다시 쓰는 봄 편지』, 『내일은 목련이 지는 날 아닙니까』 등 네 권의 시집을 발간했다. 이 시집은 등단한 지 56년이 되는 해에 발간하는 다섯 번째의 것이다. 평균 10여 년에 한 권을 발간해 온 셈인데, 우리나라 시인들이 보통 3년 내외의 주기로 시집을 한 권씩 발간하는 것에 비하면 과작 중의 과작이라 할 만하다. 과작이라는 것은 단순히 작품 수가 적다는 것만을 뜻하지는 않는다. 과작의 시인은 그만큼 자기 검열이 철저하고 창작과 발표에 신중하다는 의미도 내포한다. 시집 한 권으로 문학사에 길이 남은 시인들이 적지 않다는 사실을 비추어 볼 때 과작이 작품의 밀도를 높여주는 조건일 수도 있다. 어쨌든 이창윤 시인이 50여 년의 창작 생활 동안 5권의 시집을 발간하고 있다는 것은 하나의 특이성이다.

또 하나, 이창윤 시인은 의사 시인이자 재미 한인이라는 점에서 특이성을 지닌다. 의사 시인으로는 허만하, 마종기, 손기섭, 이원로, 김춘추 등이 금세 떠오르는 이름인데, 이들은 자연과학의 일종인 의학을 하면서 시 창작 활동을 한다는 점에서 일반 시인들과는 다르다. 이들의 시에는 삶의 극단에 이른 사람들과 만남을 통해서 얻은 인생에 대한 사유가 직간접적으로 드러난다. 의사가 아니면 경험할 수 없는 것을 통해 시적 상상의 특이성을 보여주고 있는 셈이다. 또한, 이창윤 시인은 첫 시집을 내고 미국으로 건너가 일평생을 그곳에서 살아왔다. 미국에는 상당수의 한인 시인들이 활발하게 활동하고 있다. 그들은 낯선 이국땅에서 디아스포라로 살아가면서 그곳에서 느낀 향수나 이민자로서의 문화적 이질감, 고달픈 생활, 그리고 이국적 자연 등을 노래한다. 이는 국내 시인들과는 색다른 면모인데, 이창윤의 시에는 그러한 특성이 적잖이 드러난다.

이 시집에는 오랜 세월을 의사로서, 재미 한인으로서, 시인으로서, 그리고 한 인간으로서 살아온 노시인의 상상이 자유롭게 펼쳐져 있다. 팔질八耋이 지난 노시인의 시에는 아침과 낮의 시간을 지나 저녁에 이르렀다는 시간 의식이 드러나곤 한다. 하지만, 노년의 외로움이나 쓸쓸함과 같은 소모적인 정서보다는 오랜 삶의 연륜에서 오는 성찰과 관조의 자세가 도드라진다. 이는 인생과 시에 관한 깊은 성찰을 거쳐 도달한 저녁의 정신이다. 그것은 "온종일 슬슬 조여오던 시간의 나사못이/ 스스로 풀어져서 헐거워진 저녁이 좋다/ 이유도 묻지 않고 저녁이 먼저 가난해져서/ 더 이상 잃어버릴 것이 없는 시간이 좋다"(「헐거워진 저녁」부분)는 마음과 상통한다. 이런 저녁 시간에 시인은 자신의 시와 삶을 되돌아본다.

60년 전, 습작 시절에 쓴 나의 시는
저녁노을 뒷편의 세상이 궁금한
새 한 마리를 날려보낸 적이 있었다

한 세기가 저물도록 무사히 서쪽 하늘을 떠돌던
그 새가 우리집 거실의 유리창에 비친
21세기의 저녁노을에 머리를 들이받고
떨어져 죽어 있었다

오늘은 인간의 과학기술이 조립한
은빛의 새 한 마리가 비행운을 이끌고
서쪽 하늘을 날고 있었다
저녁노을에 머리를 들이받았을 때
비행운이 피빛으로 물드는 것을 보여주었다

오늘 저녁 나의 시는
여기까지 함께 흘러온 이유를 한 번 돌아본 다음
쉽게 지치지 않는 필기체로 흘려 쓸 것이다
쓰던 종이를 구겨서 휴지통에 던지는 일도
잊지 않을 것이다.
ー「저녁노을을 머리로 들이받은 새」 전문

이 시의 "새 한 마리"는 시인이 젊은 시절부터 추구해온
시적 상상의 매개이다. 시인은 오래전에 "저녁노을 뒷편의

세상이 궁금"하여 "새 한 마리를 날려 보낸" 기억을 떠올린다. 이 상상의 "새"는 젊은 시절에 시의 이상을 향해 비상하던 시인 자신을 비유한 것으로 볼 수 있다. 그런데 이 "새"가 "유리창에 비친 21세기의 저녁노을에 머리를 들이받고" 죽음을 맞이했다고 한다. 진짜 저녁노을이 아닌 "유리창에 비친" 가상의 저녁노을과 충돌하여 죽음을 맞이한 것이다. 이것은 과학기술의 발달로 인해 시적 상상의 진정성이 사라진 시대에 대한 문제 의식과 관련된다. "은빛 새 한 마리" 즉 비행기가 "저녁노을에 머리를 들이받"고 "피빛으로 물드는 것"은 인공적, 가상적인 것에 몰두하는 현대사회의 비극성을 표상한다. 하지만 중요한 것은 이러한 시대에도 자기의 삶을 성찰하면서 "쉽게 지치지 않는 필기체로" 시를 쓴다는 점이다. 어쩌면 자연의 새와 인공의 새가 모두 죽은, 시적 상상의 아우라가 사라진 시대에도 여전히 시를 쓴다고 고백한 것이다. 이는 시에 대한 깊은 사랑의 표현이고, 이 사랑이 이창윤 시인을 일평생 시와 함께 살게 했다고 할 수 있다.

2. 시, 쓸모없음의 쓸모를 찾아가는 길

이 시집에는 시에 대한 사유와 자의식이 빈도 높게 드러난다. 이 시집의 시편들 가운데 부분적이든 전체적이든 시에 관한 내용을 담고 있는 것이 20여 편에 달한다. 절반에 가까운 시편들이 시에 관한 사유를 직접 담고 있는 셈이다. 이 특이성은 이창윤 시인이 강고한 시적 자의식의 소유자라는 것을 말해준다. 시적 자의식이 강고하다는 것은 시의 근본에 관한 생각이 깊고, 그만큼 시에 대한 애정이 크다는 것을 의미한다. 이 시집에서 시적 자의식을 드러낸 시편들 가운데 「쓸모없는 것들과 함께」는 단연 인상적이다.

아무짝에도, 정말 아무짝에도
쓸모가 없기 때문에 시를 쓴다고 적었다
좀 더 어리석어지고 싶어서
엉뚱해지고 싶어서 시를 쓴다고 한 적도 있다
아내는 성경이나 읽으라고 하겠지만
내 어리석은 마음의 뒤뜰에
풀벌레 몇 마리를 놓아 기르고 있었다
여름이 지나가는 동안 무성한 풀잎들을
제맘대로 뜯어 먹게 하다가
목놓아 가을을 울고 가게 했다
그들의 세대가 해마다 바뀌어 가는 동안
내 시도 나처럼 어리석고 엉뚱해져서
내 생각의 어깨 위에 손을 얹고
버러지 한 마리도 위로하지 못하고
이 세상을 살고 갈 수는 없지 않느냐고
나를 위로해주기도 하는 것이다
남들 보기에는 아무 일 아닌 듯해도
– 「쓸모없는 것들과 함께」 전문

이 시에서 "쓸모없는 것들"은 바로 시를 의미하는 것인데, 일평생 시와 함께 살아온 시인이 시를 그렇게 표현하는 것은 낯설다. 그런데 이 낯섦은 러시아 형식주의자들이 말하는 낯설게 하기와 닮았다. 낯설게 하기란 일상적 언어를 벗어나 새로운 언어를 구사하기 위한 문학적 표현을 일컫는 것이다. 시인이 '시는 쓸모가 많다'라고 말하는 것은 매우 낯익은 표현이므로, 그것은 시에 관한 표현이기는 하지만 시적이라고 말할 수는 없다. 반면에 '시는 쓸모없다'라는 말에는 시에 관한 역설적 인식, 즉 시적인 인식이 담겨 있다. 이 시에서는 "정말 아무짝에도/ 쓸모가 없기 때문에 시를 쓴다"라고 표현된다. 이 말속에는 시는 타락한 현실의 기준으로 볼 때는 아무런 쓸모가 없지만, 인간의 정신과 영혼을 드높이는 데는 쓸모가 많다는 의미가 숨겨져 있다. 시는 "내 어릴 적 뒤뜰에/ 풀벌레 몇 마리"의 기억처럼, 각박한 현실 너머의 아름다운 서정을 마음속에 키우는 역할을 한다. 이 마음을 우리는 시심詩心이라 할 수 있을 것이다.

실제로 문학은 "삶 자체"를 위해 유용한 도구가 되지 못한다. 문학으로 현실을 지배하는 어떠한 권력을 가질 수 없으며, 문학을 통해 경제적인 풍요를 일구는 것도 도저히 불가능한 일이다. 그러나 우리 현대문학사가 증명하듯이 지적인 능력이 뛰어난 사람들이 문학에 헌신하면서 살았다. 도대체 무슨 이유인가? 사람들은 오늘도 권력도 안 되고 돈도 안 되는 문학에 왜 그토록 열정적인가? 그것은 현실의 쓸모보다 더 나은 쓸모를 알고 있기 때문이다. 시가 추구하는 꿈꾸기, 정갈한 영혼, 진실한 사랑, 진정한 자아의 발견, 타인과의 공감 등이 세상에서 현실의 쓸모있는 것들보다 훨씬 더 쓸모가 있다는 것을 알아차린 셈이다. 또한 "내 시는 나처럼 어리석고 엉뚱해져서"는 "나를 위로해 주기도 하는 것"이다. 이처럼 시는 물질이나 권력이 할 수 없는, 인간적 삶에서

꼭 필요한 것들이다. 시가 물질과 권력으로 할 수 없는, 인간다운 삶을 위한 많은 것들을 제공해 주니 이 얼마나 쓸모 있는 것인가? 하여 시인들은 현실의 성공 욕망을 물리치고 자발적 가난과 자발적 고독의 길에 기꺼이 들어서는 것이다.

시가 쓸모없음의 쓸모라고 말할 수 있는 것은 그것이 꿈의 일종이기 때문이다. 시는 강퍅한 현실을 벗어나 아름다운 세상을 꿈꾸기 위한 언어 활동이다. 꿈의 형식과 언어의 형식은 다르지 않을 터, 압축과 전치를 통해 시에 인간의 정신과 세계를 반영한다. 꿈꾸기 혹은 시 쓰기는 비정한 현실과 운명을 넘어서기 위한 정신적, 정서적 실천행위라고 할 수 있다.

십여 년만에 모국에 들렸을 때의 일이다
누군가 읽다가 공항의자 위에 두고 간 신문
시인마을란에 실린 시를 읽었다
낙타 가죽으로 만든 구두를 신고 낙타의
질긴 슬픔으로 모래의 흐느낌을 듣고 싶다는
한 여성시인의 시였다
그날 밤 나는 낙타의 행렬에 함께 걸어가는
꿈을 선물로 받았다
여자가 행렬에 참가할 수 있었는가 하는 나의 의문에
낙타 가죽으로 만든 구두를 신고 있는 여자라고 했다

꿈은 당신의 영혼이 쓰는 시입니다
꿈의 언어는 상징과 은유로 되어있다는
조금은 낭만적인 해설에 말려들어

내가 이 시를 쓰는 오늘 밤에는 낙타가 되는 꿈이

찾아올지도 모른다는 엉뚱한 생각이 떠오른 것이다

부자가 되는 꿈은 진작 버렸으니까 바늘귀는 문을

활짝 열어 그리로 낙타를 통과시킬지도 모를 일이다

그러면 낙타는 꿈에서 깨어 커피를 끓이는 아침에

내 영혼이 쓰는 시를 한 번 더 읽어보게 될 것이다

— 「낙타가 되는 꿈」 전문

  이 시는 "낙타 가죽으로 만든 구두"를 매개로 한 꿈에 관해 노래한다. 잠시 모국을 방문하면서 읽은 "낙타의 질긴 슬픔으로 모래의 흐느낌을 듣고 싶다"라는 어느 여성 시인의 시구가 "나"를 꿈꾸게 한 것이다. 그 꿈의 구체적인 장면은 "낙타의 행렬에 같이 걸어가는" 것인데, 이처럼 "낙타가 되는 꿈"은 인간이 짊어진 운명에 대한 성찰과 관련된다. 등에는 항상 큰 짐을 지고 일평생 거친 사막을 뚜벅뚜벅 걸어가야 하는 "낙타"처럼, 인간은 본래적으로 비루하고 속악한 현실을 벗어나서 살 수 없는 존재이다. 꿈속에서나마 "낙타의 행렬"에 기꺼이 동참한다는 것은 인간의 운명에 대한 정직한 인식에 동참하는 일이다. 이 꿈은 "부자가 되는 꿈"과는 전혀 다른, 인간 영혼의 울림에 귀를 기울이는 일이다. 이는 2연의 첫 시구에서 "꿈은 당신의 영혼이 쓰는 시"라고 하는 정의와 맞닿는다. 시는 현실에서는 쓸모가 없지만, 인간의 영혼을 성찰하는 데 아주 쓸모가 있음을 말해주는 것이다. 이는 시인은 "삶 자체의 조건에 쫓기는 동물과 다르게 인간은 유용하지 않은 것처럼 보이는 것을 꿈꿀 수 있다."(김현, 「한국문학의 위상」에서)라는 문장과 부합한다. 이창윤 시인은 시를 쓴다는 것이 "유용하지 않은 것처럼 보이는 것을 꿈꾸"는 일임을 인식한 것이다.

꿈을 꾼다는 것은 현실 너머의 이상 세계를 지향하는 마음이다. 시를 쓴다는 것은 현실의 결핍을 넘어서기 위한 부단한 여정이다. 그것은 일종의 낭만적 아이러니로서 시인이 부단히 시를 쓰는 원동력이기도 하다. 시인은 완전한 시를 꿈꾸지만, 언제나 미완의 시를 쓸 수밖에 없는 모든 시인의 숙명이다. 그러함에도 불구하고 완전한 시를 향한 여정을 멈출 수 없는 것 또한 시인의 숙명이다.

> 사람들은 누구나 한 번도 건너가 보지 못한
> 마음의 지평선이 있다고 한다
> 바라보면, 이 세상에서 가장 아득한 것이
> 바로 마음의 지평선이라고도 한다
>
> 조상들의 흰 뼈를 코로 어루만지는 코끼리들도
> 마음의 지평선이 있을 거라는 짐작도 있지만
> 낙타는 십 리 밖의 물 냄새를 맡는다는 시 구절만큼*
> 신빙성이 없다는 것이 다수의 의견일 것이다
>
> 오늘 하루도 이 세상을 살고 간 사람들의 슬픔을
> 저녁노을이 잠시 물들이고 사라질 것이다
> 가로등이 설득처럼 하나 둘 켜지기 시작하면
> 그 아래 앉아있는 텁수룩한 한 남자가 보일 것이다
> 그가 전생에, 중생이 다 부처란 말씀을 남기고 간
> 바로 그 사람이라는 생각이 깨달음으로 다가왔을 때

당신은 이미 마음의 지평선을 건너와 있다는 사실을
환상으로 바라볼 것이다

나는 가끔 환상에 기대어 시를 쓰면서
지평선을 건너가 보고 싶은 사람들의 마음과 함께
바라보는 아득함으로 이 세상을 살고 갈 것이다

＊ 허만하의 시에서
－「마음의 지평선」 전문

이 시에서 "마음의 지평선"은 일종의 시적 이상 세계라 할
만하다. 그곳은 달려가 보면 다시 멀어져 있는 무지개처럼,
눈앞에 있는 듯 손에 잡히지 않는 아득한 "환상"으로 실재하
는 것이다. 어떤 본질적인 "마음"의 상태를 의미하는 실재
는 현실 속에서 구체적으로 존재하는 것은 아니지만, 현실
의 삶에 지대한 영향을 미치는 일종의 절대적 가치이다. 그
것은 "조상들의 흰 뼈를 코로 어루만지는 코끼리들"의 본향
과도 같이 언제나 마음으로 돌아가고 싶은 곳이기도 하다.
"마음의 지평선"에는 언제나 "사람들의 슬픔"과 함께 한 "중
생이 다 부처란 말씀"의 주인공인 부처님과 같은 위대한 존
재도 있다. 그러니까 "마음의 지평선"은 현실을 살아가는 인
간이 현실 너머의 세계이다. 인간의 삶이 육체적, 물질적인
것을 넘어서 정신적 가치를 지향하기 위해서는 "마음의 지
평선"이 필요하다. 이창윤 시인에게 시를 쓴다는 것은 이
"마음의 지평선"을 지향하면서 사는 일이다. 마지막 연에
서 "지평선을 건너가 보고 싶은 사람들의 마음과 함께" 살

아가겠다고 하는 것은 그러한 소망의 표현이다. "마음의 지평선"을 "바라보는 아득함"을 시와 삶의 정신적, 정서적 에너지로 삼겠다는 것이다. "마음의 지평선"을 바라보는 "아득함"은 이창윤 시인의 시가 탄생하는 미적 거리이다. 이것은 비루한 현실 속에서 이상을 추구해야 하는 데서 오는 시심 창발의 조건이다. 시를 쓴다는 것은 현실의 쓸모없음을 무릅쓰고 현실 너머의 쓸모를 찾아가는 일이기에 "아득함"을 동반할 수밖에 없다. 이러한 "아득함"은 다른 시에서도 빈도 높게 나타나는데, 그 가운데 "부족함과 실수를 밑거름으로 오가는 계절을/ 온전하게 하는 북쪽 마을의 낙원은/ 이제 내 마음 한 귀퉁이에 자리잡고/ 나를 가끔 아득하게 하는 것이다"(「북쪽 마을에 두고 온 낙원」 부분)라는 시구는 인상적이다. 현실의 "부족함과 실수"마저도 감싸안을 수 있는 "북쪽 마을의 낙원"은 "마음의 지평선"에 자리하고 있는 이상적 세계이다. 이처럼 현실 너머의 세계를 지향하는 마음은 "오늘은 나의 아득함이 다시 나폴리의 여행객으로 데려다줍니다"(「아직도 시를 쓰나요?」 전문)에도 드러난다. 여행은 현실과 일상에서 벗어나 자유를 살아가는 시간일 터, "아득함"은 현실 너머를 찾아가는 여정을 가능케 하는 마음의 상태이다.

"마음의 지평선"을 향한 "아득함"에 이르기 위해서는 견고한 관습의 벽을 균열시키기 위한 흔들림이 필요하다. 이창윤의 시에서 흔들린다는 것은 빡빡한 일상에 균열을 내어 빈틈을 만드는 일이다. 빈틈은 새로운 시심이 싹트는 생명의 공간이다.

흔들리고 싶다는 말은
어느 시골 간이역에서 만났던
목이 가느다란 코스모스들의 기억처럼
바람에게 희망을 걸지만
젊었던 화가 모딜리아니는
여인들의 목을 길고 가늘게 그려놓고
함께 흔들려 보았을까?
한때 아주 젊어 있었던 나도
어느 봄날, 떡잎이 달고나온 솜털과
그녀의 가느다란 목덜미의 그것이
햇빛에 반짝이는 것을 번갈아 보면서
내 마음도 나무가지와
함께 흔들려보지 않았던가

아직도 가끔 흔들리고 싶어서 시를 쓴다고
내가 쓴 시를 흔들어서
함께 흔들리고 싶기 때문에
시를 쓴다는 답신을 보냈다
  ― 「무엇으로 흔들리는가」 부분

　이 시에서 "흔들리고 싶다는 말"을 생각하며 "바람"에 흔
들리던 "어느 시골 간이역에서 만났던/ 목이 가느다란 코스
모스들"을 떠올린다. 이 "코스모스들"은 흔들린다는 것의
의미가 무엇인지 암시해 준다. 우선 "코스모스들"의 흔들림
이 "바람"에 의한 것이라는 점은, 경직되고 관습적인 현실
에 얽매이지 않는 유동적인 삶의 자세를 의미한다. "바람"은

적막하고 죽음과도 같은 정적인 세계를 동적인 생명감을 불어 넣어주는 존재이다. 또한 "코스모스들"이 "시골 간이역"에서 흔들리고 있다는 것은 현실의 각박한 일상과 거리를 두고 있다는 뜻이다. "목이 가느다란 코스모스들"이라는 표현도 "코스모스들"이 흔들림에 최적화된 존재라는 점을 암시해 준다. 이처럼 흔들린다는 것은 고루한 관습에서 벗어나 자유와 여유를 찾아가는 마음의 자세를 의미한다. 마지막 연에서 "가끔 흔들리고 싶어서 시를 쓴다"는 것은 이러한 흔들림의 시학을 표방한 것이다. 이창윤 시인의 시 쓰기는 아득하게 존재하는 이상적 세계를 지향하기 위해 현실에 균열을 내는 일인 셈이다. 이처럼 흔들린다는 것은 시의 아름다움을 탄생시키는 순간의 요동과도 같은 것이다. 가령 "내가 처음 바라보았던 그 날 그 설렘으로/ 곧 터질 것같은 봉오리를 단 배꽃나무 가지들과/ 함께 흔들려보는 것"(「봄날의 아득함으로」 부분)이라는 시구는 흥미롭다. "처음"의 "설렘"이나 "곧 터질 것 같은 봉오리"는 생명 탄생의 경이로움이 임박한 순간이다. 이러한 순간과 함께 흔들린다는 것은 생명의 탄생 혹은 시의 탄생에 동참하는 일이다.

시가 지닌 또 하나의 쓸모없음의 쓸모는 디아스포라로서 살아가는 것에 대한 자기 위안이다. 이창윤 시인은 전형적인 디아스포라로서 영어가 지배하는 언어 환경 속에서 모국어인 한글로 시를 쓰고 있다. 한글로 시를 쓰는 일은 미국에서 한인공동체의 일원으로 살아가면서 그 정신적 뿌리를 지키는 일이다. 한글시는 어머니의 말씀처럼 고달픈 이민 생활에 마음의 안식과 위안을 주는 것이다.

북쪽 마을의 봄은, 봄비를 데리고 와서
지난해에 걸어간 자기의 발자국을 찾아
먼저 거기에 흙탕물로 고입니다
거기 주저앉아 잠시 고단한 다리를 쉬었는지 모르지만
생명이 홀로, 생명의 고유한 설계도를 찾아가게 하는
저 황홀한 작업은 이미 시작된 것입니다
문득, 뒷마당의 잔디는 파래지고
목련의 꽃봉우리가 부풀기 시작하면
나는 내가 가진 작은 소망을
미리 표현해두는 일을 잊지 않았습니다
철새들이 돌아와 비치 트리에 둥지를 만들고
세 개 아니면 네 개의 알을 숨겨두는 것을
거실의 창문을 통하여 훔쳐보는 것
그 포르스름한 색깔에서
설렘과 설움이란 말이 연인들처럼
서로의 눈매를 바라보며 껴안는
그런 이미지가 떠오를 때면
영어권에 오래 살면서도 모어로만 시를 쓰는 일이
아주 자연스럽다는 생각이 나를 찾아와
내 어깨를 한 번 더 툭 쳐주었습니다
― 「철새들을 기다리던 시절」 전문

   이 시에서 "철새들"은 유랑하며 살아온 시인 자신을 표상하는 것으로 보인다. "철새들"은 그 이름이 암시하듯이, 철을 따라서 이동하면서 "지난해에 걸어간 자기의 발자국을 찾아"서 살아가는 떠돌이이다. 그런데, "철새들"은 무작정

떠도는 생리가 아니라 "생명의 고유한 설계도"에 따라 움직이는 속성을 지녔다. 떠도는 가운데서도 "봄"이 와서 "뒷마당의 잔디는 파래지고/ 목련의 꽃봉우리가 부풀기 시작하면" 새 생명을 만드는 작업을 어김없이 수행한다. 이것은 생명을 존중하며 살아온 "내가 가진 작은 소망"과도 일치한다. 산란의 계절이 되면 "철새들"은 "비치 트리에 둥지를 만들고/ 세 개 아니면 네 개의 알"을 낳는다. "나"가 그것을 "훔쳐보는 것"은 떠돌이 생활을 하면서도 새로운 생명을 잉태하는 데 대한 경외감의 표현이다. 하여 옹기종이 모여있는 "알"들에서 "연인들"의 이미지를 발견하는 것도 그와 관련된다. 그런데 정작 중요한 것은 이러한 "철새들"의 모습에서 디아스포라로 살아가는 시인 자신을 연상하고 있다는 점이다. 즉 "영어권에 오래 살면서 모어로만 시를 쓰는 일"은 "철새들"이 떠돌이처럼 살면서도 생명의 본성을 지키면서 살아가는 일과 다르지 않다고 보는 것이다. 이는 "영어권"을 떠돌면서 살면서도 정신적 생명인 "모어"를 끝내 지키면서 살아가는 시인은 자기의 모습을 "철새들"에 빗댄 셈이다.

미국에 살면서 모어인 한글로 시를 쓰는 일은 단순한 취미이거나 소박한 자기표현에 그치는 것은 아니다. 한글로 시를 쓰는 일은 고달픈 이민 생활을 하는 가운데 어머니의 말씀처럼 언제나 따뜻한 위안을 가져다주는 것이다. 이창윤 시인이 시를 써 온 것도 마찬가지다. 가령 "모국을 떠날 때는 다시는/ 시를 쓰지 않겠다고 다짐했지만/ 이민자의 삶, 그 고달픔의 무게로/ 주저앉았을 때/ 그의 손을 잡아 일으켜 준 것이/ 바로 시였다고 고백했던 시인"(「반도네온이 한 번 더 울었다 −배정웅 시인을 추모하며」 부분)을 기리는 것도 그렇다. 이런 면에서 미국의 한인 시인들은 한글시를 고 달픈 "이민자 삶"을 살아가는 과정에서 자기 위안을 위한 매 개로 삼곤 한다. 이러한 사정은 "읽히지도 않는 시를 아직도 쓰고 있다고/ 안쓰러워하지 않아도 됩니다/ 오래된 흑백 사 진첩을 다시 들여다보듯/ 가끔 내 시집의 시를 읽어보는/ 내 시의 지치지 않는 독자는 바로 나입니다"(「내 시의 독자는」 부분)라는 시구에도 나타난다. 이창윤 시인은 "시를 잊은 가 슴들이 모여 사는 곳이/ 어디 갈대밭뿐이냐고."(「갈대밭을 지나가다」 전문) 원망을 하면서도 "시"가 갖는 위무의 역할 을 소중히 여기는 셈이다.

3. 바다에 이른 물빛의 망설임

이제 '시는 쓸모가 없다'라는 문장은 '시는 정말 쓸모가 많 다'라고 고쳐 써야 한다. 시는 현실에서는 쓸모가 없지만, 현 실 너머에서는 그 무엇보다도 쓸모가 많기 때문이다. 시가 현실에서의 자본이나 권력을 획득하는 데는 아무런 쓸모가 없지만, 인간의 진실을 탐구하고 자아를 성찰하고 마음의 빈틈을 만드는 데 많은 쓸모가 있다. 이 쓸모는 현실에서 괴 물과 같이 쓸모가 큰 자본이나 권력으로 대체할 수가 없다. 인간의 정신이나 영혼을 자본이나 권력의 힘으로 좌지우지 할 수 없기 때문이다. 이창윤 시인이 이 시집에서 시의 중요 성을 반복적으로 강조하고 있는 것은 시의 이러한 쓸모를 일 찍이 간파했기 때문이다. 그에게 시를 쓴다는 것은 꿈을 꾸 고 이상을 추구하는 일, 아득함과 흔들림을 통해 현실 너머의 세계를 지향하는 일, 이민자의 고달픔을 위무하고 자아를 성찰하는 일과 다르지 않다. 이 얼마나 큰 쓸모인가? 하여 당연히 그가 세상에서 아무 쓸모 없는 시를 일평생 쓰고 있다는 잦은 고백은 역설적이다.

이창윤 시인은 이제 맑고 깨끗한 산정에서 발원한 영혼의 물줄기가 골짜기를 고쳐 작은 시내가 되어 흐르다가 굴곡 많은 인생의 강을 지나 드넓은 바다에 다다르고 있다. 그 바다는 지금까지 살아온 삶, 지금까지 써온 시보다 더 넓은 세계를 의미한다.

강은 바다에 이르러 흐름을 멈추고 잠시 망설인다
깊이를 감추고 있는 저 검푸른 세계로
스며들어 사라지기 전 그 망설임의 물빛을
영산강 하류에 자리 잡은 어촌
강구마을에서 보았다

오늘은 벽난로 위에 놓인 고려자기 한 점
아내가 물려받은 보물의 먼지를 닦아내다가
그 망설임의 물빛을 다시 보았던 것이다

옹기가마의 그 뜨거운 불길이 어떻게 물빛을
구워내었는지는 알 수 없다 하더라도
반복되는 실패에도 끝내 좌절하지 않았을
그 도예공도 어느 강의 하류에 자리 잡은 어촌
강구마을에서 자랐을지도 모른다는 생각이 찾아와
나를 아득하게 하는 것이다
  ─「그 물빛」 전문

시인은 "강구마을"의 풍경을 떠올리고 있다. 강이 바다와 인접한 곳에 자리잡은 "강구마을"에서 "강은 바다에 이르러 흐름을 멈추고 잠시 망설이"는 모습에 주목한다. "깊이를 감추고 있는 저 검푸른 세계"인 바다로 "사라지기 전 그 망설임의 물빛"을 떠올린 것이다. 그 "물빛"의 이미지를 "오늘은 벽난로 위에 놓인 고려자기"에서 발견하고 있다. "고려자기"의 비취색에서 바다로 사라지기 전의 강물에서 보았던 "망설임의 물빛"을 본 것이다. 이 "물빛"은 삶과 죽음 혹은 에로스와 타나토스의 경계에서 빛나는 불빛이다. 그것은 예술의 상상력만이 도달할 수 있는 역설적 상상력의 표상이다. 그것은 "반복되는 실패에도 끝내 좌절하지 않았을/ 그 도예공"의 정신이다. 그 정신은 저의 생명을 다하고 죽음에 도달한 강물이 한 점 도자기로 다시 생명을 얻은 예술혼과 다르지 않다. "강구마을에서 자랐을" 그 "도예공"의 눈빛과 예술적 재능에 의해 "망설임의 물빛"이 아름다운 "고려자기"로 승화된 것이다. 이창윤 시인은 "망설임의 물빛"과 도예공의 눈빛을 이 한 편의 시에서 동시에 발견하고 있다. 이 발견으로 그는 다시 시적 통찰의 마음, 즉 "아득"한 시심을 얻은 것이다.

"망설이는 물빛"과 도예공의 예술혼으로 시심을 얻은 이창윤 시인은 이제 인생이라는 강물의 하구에 도달했다. 시간은 저녁이다. 인생의 강물을 흘러오는 동안 스스로 포기한 사람도 있고 나룻배가 뒤집힌 사람도 있을 것이다. 그러나 그는 "나의 흐름이 어느 기슭에 닿아, 누군가의/ 마음 기슭에 닿아서, 함께 흘러오지 않았는가", "용케도 여기까지 무사히 흘러오다니/ 고마워, 함께 흘러주어서 외롭지 않았어"(「아내의 어깨 위에 손을 얹고 할 말」부분)라는 고백은 얼마나 우리를 아득하게 하는가, 또 얼마나 큰 감동으로 우리의 마음을 흔들리게 하는가? 이 감동은 시의 쓸모없음을 쓸모로 만들기 위해 "잘 길들여진 지식과 정돈되어/ 줄지어 선 생각들이 비껴서서/ 보다 어리석고 엉뚱한 생각에게 길을 내어줄 때/ 마침내 새로운 오솔길이 선뜻 보였던 것이다/ 뒤풀이한다, 이 늦은 나이에도 가끔은/ 어리석고 엉뚱해지고 싶어서 시를 쓴다."(「이상한 말을 하고 있다」부분)라는 고백을 생각나게 한다. 현실을 지배하는 "잘 길들여진 지식"과 "줄지어 선 생각들"에 저항하기 위해 자발적으로 "어리석고 엉뚱해지"는 것은 얼마나 위대한 일인가? 그것은 분명 새롭고 아름답고 독창적인 시와 삶을 위한 일이었으니 말이다.

이 창 윤

이창윤 시인은 1940년 대구에서 태어났으며 1964년 경북대학교 의과
대학을 졸업했다. 김춘수 시인, 박목월 시인의 추천으로 1966년『현대
문학』시 추천완료로 등단했다. 첫 시집『잎새들의 해안』을 출간하고 미
국으로 건너왔다. 의학수련 후, 산부인과 전문의, Maternal Fetal
Medicine의 특수전문의가 되어 1974년 핸리포드병원의 산과 책임자로
Head Maternal Medicine과 미시간대학 의과대학 부교수를 겸직했다.
1988년 Hurley Medical Center로 옮겨 Directer Maternal Fetal
Medicine과 미시간주립대학 의과대학 교수를 겸직했다. 환자치료와 의
학연구에 열중하던 20여 년간은 거의 시를 쓰지 못했다.
시집으로는『잎새들의 해안』,『강물은 멀리서 흘러도』,『다시 쓰는 봄편
지』,『내일은 목련이 지는 날 아닙니까』가 있고 재미시인상, 미주시인상
(전 미주시학상), 해외문학상, 가사문학상, 미주문학상을 수상했다.
이번 시집『쓸모없는 것들과 함께』는 이창윤 시인의 다섯 번째 시집이
며, 이 시집에는 오랜 세월을 의사로서, 재미 한인으로서, 시인으로서,
그리고 한 인간으로서 살아온 노시인의 상상이 자유롭게 펼쳐져 있다

이메일: changylee@gmail.com

이창윤 시집
쓸모없는 것들과 함께

발 행 2022년 10월 15일
지 은 이 이창윤
펴 낸 이 반송림
편집디자인 반송림
펴 낸 곳 도서출판 지혜
주 소 34624 대전광역시 동구 태전로 57, 2층 도서출판 지혜
전 화 042-625-1140
팩 스 042-627-1140
전자우편 ejisarang@hanmail.net
애지카페 cafe.daum.net/ejiliterature

ISBN : 979-11-5728-488-7 03810
값 11,000원